纪云裳 著

我涉旷野而来

江苏凤凰文艺出版社
JIANGSU PHOENIX LITERATURE AND
ART PUBLISHING

图书在版编目（CIP）数据

我涉旷野而来 / 纪云裳著. -- 南京：江苏凤凰文
艺出版社，2023.10
ISBN 978-7-5594-7469-8

Ⅰ.①我… Ⅱ.①纪… Ⅲ.①古典诗歌－诗歌欣赏－
中国 Ⅳ.①I207.2

中国国家版本馆CIP数据核字(2023)第003148号

我涉旷野而来

纪云裳 著

责任编辑	张 倩	
图书监制	马利敏	孙文霞
策划编辑	陈阿猫	
装帧设计	末末美书	
封面插画	虫 襪	
版式设计	姜 楠	
出版发行	江苏凤凰文艺出版社	
	南京市中央路 165 号，邮编：210009	
网 址	http://www.jswenyi.com	
印 刷	唐山富达印务有限公司	
开 本	880 毫米 × 1230 毫米 1/32	
印 张	8.25	
字 数	170 千字	
版 次	2023 年 10 月第 1 版	
印 次	2023 年 10 月第 1 次印刷	
书 号	ISBN 978-7-5594-7469-8	
定 价	49.80 元	

江苏凤凰文艺版图书凡印刷、装订错误，可向出版社调换，联系电话025-83280257

目录

CONTENTS

第一卷 涉江而过，芙蓉千朵

第三卷　心有猛虎，细嗅蔷薇

桦烟深处，愿君不相忘

我以相思自缚，但我甘心为茧

樱花落尽阶前月

暗香浮动月黄昏

对酒当歌，人生几何

柳色深深深几许

微雨过，榴花开欲然

因风飞过蔷薇

——风荷举

第二卷 海棠解语，美人如玉

晓霜枫叶丹

风动竹，疑是故人来

辛夷纷纷开且落

人闲桂花落，夜静春山空

海棠解语，美人生香

闲看中庭栀子花

云想衣裳花想容

宣城又见杜鹃花

我有所念人，隔在远远乡

紫藤花下渐黄昏

芭蕉不展丁香结

第四卷 松花酿酒，春水煎茶

且借水为名
茉莉花香，慰尘世之伤
与客赏山茶，一朵忽堕地
愿期素心人，同游明月夜
半生孤寒似梅花
桃花陌上，你不来，我不敢凋落
寂寞梨花落
开到荼蘼花事了
孤兰一朵，春以为期
秋风为笛，芙蓉为霸

第一卷

涉江而过，芙蓉千朵

既见君子，云胡不喜

风雨凄凄，鸡鸣喈喈。既见君子，云胡不夷？

风雨潇潇，鸡鸣胶胶。既见君子，云胡不瘳？

风雨如晦，鸡鸣不已。既见君子，云胡不喜？

——《诗经·郑风·风雨》

【今译】

寒风冷雨，鸡在呼朋引伴。终于见到你，内心怎能不安然？

风急雨骤，鸡在咯咯叫唤。已经见到你，心病怎能不痊愈？

寒风冷冽，大雨滂沱，天地一片昏暗，鸡也鸣叫不已。但已见
到你，教我如何不欢喜？

  自古以来，诗歌就是一面镜子。

  在这篇《风雨》中，有人看到了王朝更迭，乱世风雨，百
姓对贤明君主的期盼如鸡鸣思曙，冷雨思晴，以至于自两汉六
朝到唐朝五代，都有不少士子在宴会上以赋言志。

  有人看到了男女相会，意欲私奔。如宋代那位老夫子朱熹，
就以"风雨晦暝，盖淫奔之时"一笔断定，此乃"淫诗"也。

  有人看到了教育的意义。等待的过程，即是坚持的过程。

陈子展先生言：生而为人，就应临难不避，对敌不屈，为善不息，不改常度。

也有人照见了自身。那个赋诗的人浇过的块垒，相隔千年，读来依然薄有醉意；那些字里行间逶迤的情愫，旖旎的爱意，依然犹如情劫，让辗转于红尘中的人在劫难逃。

木心说，秋天的风，都是从往年的秋天吹过来的。

我想，雨也一样。

所以我宁愿相信，这不过是一篇描绘等待与爱的文字。

诗中吹拂过女子愁容的风，打湿过胶胶鸡鸣的雨，隔着浩荡悠远的时光，情感的温度与密度依然饱满如初，那一刻，也全都落到了我的心上，万千真意，欲辩忘言。

就像《神雕侠侣》里的程英，绿竹猗猗，风雨潇潇，持心如水的她遇见杨过，刹那间，一颗心烟波浩渺。

山有木兮木有枝，心悦君兮君不知。窗外的风雨，就是爱的隐喻，她除了一遍一遍地在纸上写下"既见君子，云胡不喜"，什么都不能说。他或许懂，或许不愿意懂。因为故事的结局早已写好，她与他之间，永远只能是兄妹之情，皓如日月。

皓如日月，也让他们之间的感情抵达了永恒的气质。

一个人只要天真赤诚，一无所求地爱过，即便没有应答，此生也不至于活得寡淡吧？

"他一人坐在沙发上，屋里有金粉金沙深埋的宁静。外面风雨琳琅，漫山遍野都是今天。"

这是张爱玲的"既见君子，云胡不夷"。

夷是风平浪静，是有你在身边，兵荒马乱也心安。

风雨如晦的乱世，那是她一生中最好的时光，才华耀世，年华灼灼，连爱情也是鲜花着锦，烈火烹油。他用"桐花万里路，连朝语不息"来形容自己对她的爱慕。她甘愿为他低入尘埃，只求岁月静好，现世安稳。

只是世事不遂人愿，人心又比世事更易变。再清白如玉的感情，也免不了满目疮痍。他继而负她，伤她，又让她自顾自地黯然萎谢——异国他乡，自此天涯不相问，她用才气与傲骨撑起后半生，却终究没有力气为爱再盛开一回。

时隔多年，在自传体小说《小团圆》里，她满身孤独，披着盛九莉的身份写一个人的等待："雨声潺潺，像住在溪边。宁愿天天下雨，以为你是下雨不来。"

那是她的"风雨凄凄，鸡鸣喈喈"。

因为曾被人狠狠地伤过，便不再相信爱情的永恒性与安全感，即便是另一份爱情再到来，她也感觉自己什么都抓不住。

所以，还是在《小团圆》里，当喜欢的人把头枕在她的腿上时，她轻轻捧着对方的脸，竟然会悲从中来，只觉得如掬水月在手，指缝里全都是哗啦啦流逝的时间。

岁月流逝，昔年桃李春风一杯酒，倏尔便是江湖夜雨十年灯。

这些年，年岁渐长，心性也慢慢安定下来，开始钟爱朴素温和的生活方式，譬如清淡的饮食，食材最好保持原味；舒适的衣袍，温良敦厚的棉麻刚好能蕴藉身心。譬如喜欢步行，与植物亲近，跟契合脾性的人交往，并在心底保持谦和干净的喜悦。

开始喜欢听雨，夜间尤其好。像这样的时刻，一灯在侧，与茶对坐，窗外风雨漫天，屋内却尽是光阴之味，有浓稠的孤意，也有清薄明亮的生之欢欣。

儿时住在破败的屋子里，山雨欲来风满楼，因为本能的恐惧，一颗心再懵懂粗粝，也会忍不住跟着风雨之声惊颤。

少年时出门读书，在虚构的小说情节里初尝爱的滋味。可以在冷风冷雨中等一个下午，只为看一眼对方的背影。但那样自卑的爱，终究是墙脚的蕨类植物，葱葱郁郁，也苦涩寂寞，心里爬满善感的根须，身姿低到尘埃里，又如何能开出花来。

后来远走异乡，身心飘摇。曾把《风雨》抄在信纸上，带着它夜宿异域乡间，白炽灯下，蚊虫飞舞，窗外是漫山遍野的寂静，通篇读下来，就像撞翻了一位古代女子的心事，仿佛能听到久远的风雨之声。

那个时候写句子，总喜欢以第一人称为出发点，自恋与自卑，是身体里随时准备高飞的双翼。

记得在很多个深沉的夜晚，我听见自己的心就那样一瓣一瓣地盛开，又一瓣一瓣地凋落，发出幽微的折翅之声。

在青春的风雨里，在一个人的爱情里，我孤独地病了一场又一场，却依然觉得爱情是刀口舔蜜，一刻的温柔缱绻，拿命来换也无何不可。爱也是苦海寻糖，一瞬抵得过一生。

那时的爱情，也是夹在信封里的字句，是纸上相逢的肺腑倾心，一行"盼卿珍重，甚念甚念"，即可让人满身风雨夜奔而去。

冬夜凌晨的火车站，夜风鼓荡，吹起头发与风衣，冷雨一颗一颗砸在脸上，不知是疼痛还是欢悦……但"既见君子，云胡不喜"，心是笃定的，千山万水，刀剑虎狼，无人可阻。

如今，小半生往事历历，那些为生存担忧，与爱奔波的日子早已过去，此时再读《诗经》，也已经是另外一番心境。

"既见君子，云胡不瘳。"——翏，意为鸟雀高飞；瘳，即相思之疾如鸟雀散去。

古人用情至深至重，情意落到纸上，用字又至简至妙。

一篇《风雨》，短短四十余字，沉吟千年后，那丰盈生动的爱，依旧能从读诗人的眼波里流泻出来。于是，无数或传奇或平凡的情爱与悲喜，从此便可借着潇潇的风雨，在时间的茫茫河流里，相映相照，相期相会。

自此一别，后会无期

燕燕于飞，差(cī)池其羽。之子于归，远送于野。

瞻望弗及，泣涕如雨。

燕燕于飞，颉(xié)之颃(háng)之。之子于归，远于将(jiāng)之。

瞻望弗及，伫立以泣。

燕燕于飞，下上其音。之子于归，远送于南。

瞻望弗及，实劳我心。

仲氏任只，其心塞(sè)渊。终温且惠，淑慎其身。

先君之思，以勖(xù)寡人。

——《诗经·邶风·燕燕》

【今译】

燕子在空中飞翔，轻轻扇动翅膀。

妹妹今日出嫁，我送你到郊外。

四顾茫茫然，我泪如雨下。

燕子在空中飞翔，时高，时低。

妹妹今日出嫁，我送你再远一些。

伫立在路边，我泪流满面。

燕子在空中飞翔，在高处鸣叫，在低处呢喃。

妹妹今日出嫁，要去那陌生的南方。

前方荒无人烟，我心里充满忧伤。

二妹你内心真诚又敦厚，头脑智慧有远虑。

你性格温和又恭顺，品质善良且贤淑。

你常提及先王的仁德，以此勉励我。

这一篇《燕燕》，按照《诗序》的说法，其作者是卫庄姜，也就是《硕人》的女主人公，一位拥有绝世美貌的女子。

她本是齐国的公主，姓姜，嫁给卫国的国君卫庄公后，"卫庄姜"便成了她的名字——在那样的年代，一个女人的名字就是她的身份，她的宿命。

"庄公惑于嬖妾，使骄上僭，庄姜贤而不答，终以无子，国人闵而忧之。"

显然，婚后的庄姜过得并不幸福。

那场盛况空前的政治联姻，让她的美丽如星河照耀世间，在文字中成为不朽的传唱，却始终没能让她得到丈夫一丝一毫的关爱与珍视。

从一开始，丈夫对她就是冷漠的。其实她又何尝不知丈夫喜欢的是哪种类型的女子，千娇百媚，风情万种……但她做不到。婚前，她是公主，婚后，她是王后，她不能忘记祖训，亦不能违背内心。

在寂寞的宫闱中，一个女人纵有倾城的容颜、贤淑的品德、卓绝的才华，只要不被君王所爱，就已经意味着，她失去了一切。

更何况，她还没有孩子。

然而几年后，就在庄姜的后位岌岌可危之时，庄公的一名小妾——陈国女子戴妫，来为庄姜雪中送炭，将自己刚出生的儿子送给了庄姜抚养。

戴妫心思昭然，并没有隐瞒庄姜。以戴妫的身份，这个孩子不仅不能继承王位，说不定还会引来善妒者的暗杀，那么不如做个顺水人情，正好也可以改写孩子的命运。

但庄姜依旧感激涕零，对孩子视如己出，也将戴妫视为姐妹至亲。毕竟，在深宫的泥淖之中，人人都可以对她踩一脚的时候，只有戴妫，向她伸出了自己的手。

所以多年之后，庄姜才会蘸着半生的孤苦与锥心的疼痛，在原野之中为回归故里的戴妫写下这一首送别的哀歌："燕燕于飞，差池其羽。之子于归，远送于野。瞻望弗及，泣涕如雨……"

卫庄公死后，庄姜的养子继位，即卫桓公。

好景不长，公元前719年的春天，桓公被昔日庄公宠妾之子所杀，弑君者当即自立为王，宫闱天色骤变。

如此，戴妫才被迫返回陈国。宫城之外，柳色青青，燕子斜飞，庄姜前去相送，却是心如旷野，落叶纷飞。

"之子于归"，这个归，是大归，即归国之后再也不回来。

前尘往事，历历在目，她们曾是被命运赶到一个"笼子"里的女子，曾是靠在一起依偎取暖的人，现如今，她们失去了可以倚靠的儿子，再次一无所有。

念及此处，庄姜不禁悲痛难抑，潸然泪下。

站在原野之中，望着马车渐行渐远的背影，最后消失在地平线，她只恨生而为人，不能像燕子一样自由，想去哪里，就飞去哪里。

瞻望弗及，泣涕如雨——此刻，风沙迷眼，她却可以将身后之事一眼望穿，山高水阔，天涯陌路，今生今世，她与她，是再也不会重逢了。

如果命运是个荒漠，那么她此后的人生就是荒漠里的草芥，纵有星辰钻石一般的灵魂，也将注定尘泥裹身，漂泊于世，孤独终老。

自此一别，后会无期。

如是，她便只能祈望与之离别的人，在以后看不见彼此的岁月里，好好珍重自己，不要忘记曾经的情义。

《燕燕》被后世推为千古送别作品之祖，只因诗中勾勒的画面，曾让无数的离人落下眼泪，心生怆然。

黯然销魂者，惟离别而已。

一个人真正悲伤起来，是不受意志控制的，就像一个人真正爱起来，是不要面子也不要命的。

于是便有人说，这篇《燕燕》实为情人离别之作，个中排恻哀婉，令人不忍卒读。

也有人说，是兄妹送别之作，情深义重，可比日月。

一直记得《后会无期》最后一个镜头，在漫长的公路上，天降大雨，车子一路向西，马浩汉为江河的小说虚构结尾："每一次告别，都要用力一点，多说一句，可能是最后一句，多看一眼，可能是最后一眼。"

当时正逢盛夏，走出电影院时，日光耀世，热浪席卷，我却突兀地感到了一阵寒意，像记忆深处的坚冰，把心硌得又冷又疼。

相逢有时，后会无期。

有些人再见了，就真的再也不见了。

我想，无论是哪一种送别，本质上都是一样的，都是难以割舍之爱。

情感不是身外物，无论是再见，还是再也不见，无论是生离，还是死别，只要经历过的人，就能感同身受。

"每说一声再见，就会死去一点点。"

人生就是一场漫长的告别，我们是不是每被这样的伤心磨难一次，就会对生命的理解更深刻一分？

残酷的真相除了苦长、甜短，还有欢聚少、别离多。

有些人，遇见了，转身，即成陌路。

有些人，相逢了，又如星辰遁入黎明，从此天光璀璨，他再也不现身。

有些人，走近了，心却远了。

有些人，昨天还笑着闹着，今天就成了一块墓碑。

近日又看了一遍《后会无期》。

主题曲里唱："当一艘船沉入海底，当一个人成了谜。你不知道，他们为何离去，那声再见，竟是他最后一句。"

一个不断遇见又不断离别的故事，最后终于在一个人臆想的平凡世界里，各得其所。

时隔多年，再想起曾经告别过的城市、走失过的情感、爱过的人，而我的心间已无过多的波澜。

记忆的深海，不会被时间填平，却能被时间驯服，低头凝望时，便可映照白云温柔，星光扑面。

后会无期，相逢有时。

我相信，在时间的每一个横截面里，都有人在用不同的文字、不同的影像、不同的方式，写下不同的相遇、同样的离愁。

如果再有离别，或许我会告诉对方：你曾是令我怦然心动的蛊，也曾是让我苟活于世的药。

但纵然再不舍，我也会流着眼泪不让自己回头。

只愿那些拥有过的美好、爱过的余温，为你照亮前行的路，从此彼此珍重，各自自由，在看不见对方的世界里，努力让自己快乐。

置身幽谷，不因无人问津而不芳

考槃在涧，硕人之宽。独寐寤言，永矢弗谖。

考槃在阿，硕人之薖。独寐寤歌，永矢弗过。

考槃在陆，硕人之轴。独寐寤宿，永矢弗告。

——《诗经·卫风·考槃》

【今译】

隐于山涧，胸襟自然会宽阔。

一个人入睡，一个人说话，愿永不失去这快乐。

隐于山谷，德行自然会幽雅。

一个人入眠，一个人唱歌，愿远离凡尘，审视内心。

隐于山岗，思想自然会自由。

一个人入梦，一个人居住，愿永不改变这初衷。

　　打开古老的《诗经》，这篇《考槃》就像一支清凉的歌，唱得人满身月色。

　　诗里的高士向我们描述了三种隐居方式——隐于山涧，隐于山谷，隐于山岗。

　　中国隐士文化源远流长，那些隐士大多都是因为厌倦了世间的纷争，不想再为名利所累，才索性搬离闹市，只为给自己构筑一个心灵的居所。他们或泛舟五湖，垂钓明月，枕水而眠；或清风入酒，裁云为衣，借山而居。

似乎一个人只要愿意与山亲近，沾染了清气，融入了自然，远离了蝇营狗苟的生活，内心就会变得轻盈，肉身也不再沉重，在精神层面上，便接近了"仙"的境界。

当然没有人一生下来就是隐士。从古至今，从中到外，概莫能外。

栖居于瓦尔登湖畔的梭罗，家境优渥，毕业于哈佛，却选择了离开城市，四处远游，到自然世界里寻找更合适自己的生活方式。他是很多自然主义者的精神偶像，也是我心中的高士与隐者。他尊重地球上所有的生命，守护着内心的清澈与善意，生活以简朴为荣，精神世界却无比富足。瓦尔登湖畔的小木屋，是他为自己修筑的栖身之所，也是他为心灵构建的家园，所以即使住在荒无人烟的森林深处，他也可以活得笃定而从容。

美国汉学家比尔·波特曾到我国寻访终南山隐士，后来写下《空谷幽兰》一书："我能够理解为什么有的人什么都不想要，而只想过一种简单的生活：在云中，在松下，在尘嚣外，靠着月光、芋头过活。除了山，他们所需不多：一些泥土，几把茅草，一块瓜田，数株茶树，一篱菊花，风雨晦暝之时的片刻小憩。"

我对这样的情境其实并不陌生。我的老家就在白云深处，那里水田纵横，满目青山，春有松风翠涛，夏有荷塘月明，秋有稻香十里，冬有暖炉飞雪。

只是，我们很多人即便居于山野之间，可以做到"晨兴理荒秽，带月荷锄归"，却不能做到"采菊东篱下，悠然见南山"；可以做到"风雨晦暝之时的片刻小憩"，却不能做到"什么都不想要，只想过一种简单的生活"……我们忙着赚钱，忙着应付生活，终日疲惫不堪，很少真正地去关心自己的内心，思考我们真正需要的是什么。所以，能够做到前者的，成了农人，能两者兼具的，才是隐士，才能置身空谷，成为幽兰，无人问津，依然独自芬芳。

那一日，看到订阅号里有人推荐《隐墙》，我被静美无言的海报吸引，于是寻了片子来看，冗长的冬日午后，一碗热茶，半碟饼干，时光尽可慢慢消磨。

"换一种方式生活"，如果可以，我想用《隐墙》里的这一句台词，为《考槃》做注脚。

电影里的女主角与朋友一起到阿尔卑斯山区度假，当朋友有事离开后，她却被从天而降的无形之墙封锁在山谷里。一个人，一条狗，一间狩猎小屋；没有电，没有信号，没有人烟，从此与外界隔离。

她的生活也随之回归到最原始的状态。为了生存，她必须像一个农人一样劳作，并猎杀野物，目睹它们被子弹射中后死亡的过程。为了对抗时间的孤寂，她又必须记录，用朋友留下的纸和笔自证生命，有时很详细，有时仅是一句"时光飞逝"。在记忆与情感往复交错的思考中，她微弱地固守着人类文明的痕迹。

不久后，她又在山间遇见了一只怀孕的猫，还有一头怀孕的牛。两个新生命的到来，让她多了一份神圣的责任，也让她不至于在漫长的黑夜与巨大的恐惧中自杀。她成了它们的守护者，决心一定要好好活下去。

而她是从什么时候开始喜欢上这种生活，或者说不再抵触，不再成天活在等待与绝望中的呢？尤其是天光一点一点地在窗外消失的时候，孤独和恐惧就像一个巨型塑料袋罩在她的身上，然后一点一点地收拢，随之心跳的声音响彻耳际，她压抑得近乎要窒息。

应该是从那个夏日的午后，她和狗坐在山岗上，望着天空与森林时吧——山谷中烟雾弥漫，阳光蒸发着松脂的香气，在暖风中阵阵飘拂；猎食的老鹰在蔚蓝的高空中盘旋，鸣叫，掠过云端；森林却还在沉睡，时间缓慢，比月夜还要静谧；狗扇动着耳朵，打了一个哈欠，在她腿边昏昏欲睡；沉寂的空气像透明的钟罩将她包裹，却令人感觉无比安然和舒适……

那一个神奇的午后，是她被封锁在山谷后第一次希望可以一直坐在那里，沐浴在温暖的阳光下。大自然的力量唤醒了她，她第一次感觉到，自己的心底开始生长出留恋，像一枚苗壮有力的种子，破土而出，枝蔓葱茏，一直越过长久悲伤的心墙。

但就在两年后，一个"外来者"打破了她平静的生活，那个突然闯入"隐墙"的男人，用斧子杀死了她的小牛和狗。那一刻，她几乎没有任何犹豫就选择了自己接下来的命运。她迅速端起猎枪对"入侵者"反击，也就是说，她选择了小牛和狗做自己的"同伴"和"家人"，而不是站在她对面的男人，那个生物学所归类的"同类"。

埋葬了小牛和狗之后，她在纸上记录："人类一出生就拥有了智慧，可以抵御外界，维护自身，但也因此变得贪婪、残酷、绝望，不讨人欢喜。"

出生之前，我们不能选择成为一个人，还是成为一棵树，但出生之后，我们可以选择自己的生活方式。

终其一生能否过得快乐，无关身份、地位，也无关职业、地域，它只是一个人内心的归属。

"在这广阔无垠的天空下，保持一个单独孤立的自我，几乎不可能的。一条渺小的盲目的执着的不愿融入集体的生命，作为这样一个生命，应该是多么的自豪。"

就像那只突然来到她屋外的白色乌鸦，它被自己的集体排斥，却被她钟爱，与之惺惺相惜。她每天都会给它喂食，在她心里，它就是她孤独的同类。

影片的最后，又是一个漫长的冬日，她的小木屋外，迎来了最残酷也是最美的季节。她坐在小桌子边记录，猫拉长身子向窗外的森林深处眺望，大雪纷飞，宁静而强烈的雪光涌向昏暗的地板。

这一天，她终于用尽了最后一张纸。她将不再书写。或许对那时的她来说，记录已经变得不再重要，她不必再跟时间抗衡，也不必再坚守某种所谓人类的文明。

她的内心，已经完成了隐墙之内的反思与自救，就像洞悉了自然界恒久的秘密，找到了新的归途。

从此，一个人度过漫长岁月，便也脱离了隐士的范畴，成为山林的归人。

作为一个崇尚自然主义的人，无论是《隐墙》，还是《考槃》，其中描述的生活，都是我所倾慕的。

但我也像身边很多的都市人一样，在灯红酒绿、车马喧嚣的俗世中，向往着一种孤独而自由的生活方式，那是我们精神的桃源，也是我们心灵的退避之所。

然而终究是肉身沉重，不能奋飞。因为我们厌倦生活中错综复杂的人际关系，厌倦为物质打拼的劳苦奔波，却也依赖城市的舒适与便捷，贪恋各种情感的甜蜜与温暖。

那么，如果不能换一个地方生活，或许可以试试换一种方式生活。

毕竟人生的活法千千万，有人选择离群索居，有人选择抱团取暖，有人选择浪迹天涯，有人选择朝九晚五。

一个人无论身在何处，有着怎样的生活方式，能够让自己过得心安，就获得了生命中最好的奖赏。

东方朔曾说："宫殿中可以避世全身，何必深山之中，蒿庐之下。"

置身幽谷，心若孤兰，不因无人问津而不芳。

我想，都市中也一样。

心远地自偏，孤独主义者的心，更是如山如川，一片远意。

如这样的冬日午后，窗外的树叶在清风中摇晃，阳光把它们的边缘照耀得半透明，温暖的绿意在空气里浮动，窗帘带着时间的清香一下一下翻飞，如飞鸟投林，扑棱有声。

岁月漫长，岁月如新，忙完家务俗事之后，我便可以一个人坐在窗边，安静地享受一场心的考槃，在诗词中卧游，在光影中远行，闭门即入深山。

载玄载黄，我朱孔阳，为公子裳

隰桑有阿，其叶有难。既见君子，其乐如何。

隰桑有阿，其叶有沃。既见君子，云何不乐。

隰桑有阿，其叶有幽。既见君子，德音孔胶。

心乎爱矣，遐不谓矣。中心藏之，何日忘之。

——《诗经·小雅·隰桑》

【今译】

洼地的桑树姿态婀娜，桑叶浓密，缀满枝头。

已经见到了心上人，我的快乐难以言说。

洼地的桑树姿态婀娜，桑叶浓密又温柔。

已经见到了心上人，教我如何不快乐？

洼地的桑树姿态婀娜，桑叶浓密又苍翠。

已经见到了心上人，绵绵情愫无止尽。

心里对他多爱慕，万千心事来倾诉。

若把爱意藏心里，最难忘却是相思。

  这一篇《隰桑》，是《小雅》中为数不多的爱情篇之一，写得又婉转又坦荡，犹如大风吹绿树，不知是叶动还是心动。

记得年少时读席慕蓉，她说那时候所有的故事都开始在一条芳香的河边，涉江而过，芙蓉千朵，诗也简单，心也简单。

诗三百，思无邪。那时候，那么多朴素动人的心愿与场景，都与桑有关。

《诗经》中有近二十篇写到桑：桑树、桑枝、桑叶、桑葚、桑土、桑薪、女桑、桑中、桑间、桑野、桑田、桑林、桑社……

譬如劳作一天后月下结绳，床脚每一只蟋蟀的叫声里都藏着清美的情意，耳边是胖蚕啃食桑叶的细碎脆响，丰盈又寂静的欢喜，像春水一样涨上心头。

《魏风·十亩之间》里写：

十亩之间兮，桑者闲闲兮，行与子还兮。
十亩之外兮，桑者泄泄兮，行与子逝兮。

在植满桑树的田园间，采桑的女子勤劳而贞静，即便是荆钗布裙，眉目之间也是一片欢喜与温柔。待到暮色催归，就与爱人一起执手赶着牛羊回家。

日出而作，日入而息，人间烟火，如此可亲。

到了汉乐府时期，因为一位环佩玎珰的罗敷女，现代人对采桑的想象，仿佛又沾染了林下之气，连对调情的拒绝，也是明月照大江的洒然：

罗敷喜蚕桑，采桑城南隅。青丝为笼系，桂枝为笼钩。

头上倭堕髻，耳中明月珠。缃绮为下裙，紫绮为上襦。

行者见罗敷，下担捋髭须。少年见罗敷，脱帽著帩头。

耕者忘其犁，锄者忘其锄。来归相怨怒，但坐观罗敷。

汉代的阳光照在桑陌之上，发出丝绸一样的柔光，与罗敷耳垂上的明珠一映衬，田间地头竟有了流金四溢的色泽。

这样的女子，自是比春色更明媚，比风光更好看。只见她站在翠绿的桑树下，云鬓倾斜，提着青丝络绳的篮子，手中拈桂枝为钩，整个人美丽又清贵，还带着山野的明艳，自是惹人遐思。

过路的使君去找她搭讪，问了姓名，探询了年龄，继而得寸进尺："我可以载你一程吗？"

"使君一何愚！使君自有妇，罗敷自有夫。"她不急不缓地把桑叶收进篮中，对他正色而道："东方千余骑，夫婿居上头。何用识夫婿？白马从骊驹。青丝系马尾，黄金络马头。腰中鹿卢剑，可直千万余。十五府小吏，二十朝大夫。三十侍中郎，四十专城居。为人洁白皙，鬑鬑颇有须。盈盈公府步，冉冉府中趋。坐中数千人，皆言夫婿殊。"

使君自惭形秽，随即落荒而逃。

而罗敷一笑，又继续悠然采桑去了，眉间心上，一片清朗。

清代闵贞有一幅《采桑图》，相传是以罗敷为原型所画。

闵贞善山水、人物，尤工写意，深得宋代画韵，起笔清平开阔，线条勾勒也是流畅婉丽，画面布局则淳古笃实。

画中，采桑女子面如满月，明眸灵动，正是罗敷的好气韵。她立于青石之上，裙带飘飘，用一根长枝采钩桑叶，娴熟而自如。桑叶纷飞如羽，她举起竹篮相迎，眼中也渐渐起了笑意，欢喜便那样溢出了纸页，又流进了烟火生活。

生活中，对于农人来说，采了桑回家，是用来喂蚕的。蚕吐丝为茧，茧可制丝帛。丝帛可换钱，钱可养生息。如是往复，顺应天时物候之妙，方可世世无穷。

不过，除却养蚕，孟老夫子还将植桑的种种好处罗列得一清二楚：

五亩地的宅院，种上桑树，五十棵即可织成衣帛；

三年的桑枝，可以做成老杖，一根三钱；

十年的桑枝，可以做成马鞭，一条二十钱；

十五年的干枝，可以做成弓材，一张弓两三百钱；

做木屐，一双三十多钱；做剑格刀柄，一具十钱；

二十年老桑，可以做辌车良材，一辆辌车一万钱左右；

桑树还可以做马鞍；

桑叶可卖，可自己吃。尤其柘桑，柘桑皮是药材，也是燃料，能染出柘黄色丝绸；

桑叶喂蚕，蚕吐细丝，可作上好琴弦……

俨然一本乡间理财秘籍，老百姓人手一本，以此为葫芦画瓢，衣食住行都包圆了！

《豳风·七月》里也有桑：

七月流火，八月萑苇。蚕月条桑，取彼斧斨。以伐远扬，
猗彼女桑。

七月鸣鵙，八月载绩。载玄载黄，我朱孔阳，为公子裳。

《史记》里说，夏朝末年，桀废农桑，去稷不务，后稷的
十余世孙公刘带领族人返回豳地，复修后稷之业，务耕种，行
地宜，大力发展农耕生产，改革体制，传至古公亶父十余代，
对豳地农业区域的形成与发展做出了巨大贡献。

这一篇《豳风·七月》，便是人们为追述周先祖的功绩而作，
乃豳国农事的真实写照。

农历七月，大火星西流，天气渐次凉爽了下来。

八月，芦花开满汀洲，待芦花落尽，秋天也就过去了。

三月是蚕月，应该修剪桑树，拿起刀斧，除去高枝，择优
留下蓬勃生长的枝条。

七月，伯劳鸟成双对鸣，空气里回荡着爱情的气息。

八月，织布的声音吱吱呀呀，缝衣也不停歇。

这些布料，可以染成玄色，可以染成黄色，但还是我染的
朱红之色最好看呀，正好留下来为那公子制作衣裳。

这样的句子，唱了又唱，教人如何不喜欢？

轻轻拂去历史的尘埃，我们便会发现，彼时的农人与岁月
之间的关系是那般的和谐，淳朴劳作带来的古老的浪漫与优雅，
也是那般令人心驰神往。

选一个朝代，去采桑吧

像误入一样

在夜间与孤僻的萤火把酒

话桑，话麻

不问青天

十月的蟋蟀，入五月的床下

随意扯起三尺布裙，可擦掉此时的名字

隔墙有九张机，可悦耳

我爱看灯花扑扑地飞，比蚕蛾还美

选一个时代，去采桑吧

像故意一样

不图霸业，不思江山

只愿在月光之下

载玄载黄，我朱孔阳，为公子裳

念念不忘，终有回响

绿兮衣兮，绿衣黄里。心之忧矣，曷^{hé}维其已。

绿兮衣兮，绿衣黄裳^{cháng}。心之忧矣，曷维其亡。

绿兮丝兮，女^{rǔ}所治兮。我思古人，俾^{bǐ}无訧^{yóu}兮。

绵兮绤兮，凄其以风。我思古人，实获我心！

——《诗经·邶风·绿衣》

【今译】

绿衣，绿衣，绿色的外衣，黄色的衬里。

我心里的忧伤，如何才能止息。

绿衣，绿衣，绿色的上衣，黄色的裳。

我心里的忧伤，如何才能忘记。

绿丝，绿丝，是你亲手缝制成。

我是如此思念贤妻，你使我谨慎不越礼。

细葛布，粗葛布，寒风吹彻我。

我是如此思念贤妻，你最能体贴我的心。

　　"绿兮衣兮，绿衣黄里。心之忧矣，曷维其已。"只此一句，读诗的人便柔肠百转起来，就像走上一条幽暗的小径，身边绿波浮动，耳畔哀歌如诉，只觉心绪难平。

萧红曾写："满天星光，满屋月亮，人生何似，为什么这么悲凉。……若赶上一个下雨的夜，就特别凄凉，寡妇可以落泪，鳏夫就要起来彷徨。"

《绿衣》中的场景，也是一个雨夜吗？

秋风煞煞，秋雨离愁，他睹物思人，一夕忽老。这一件绿衣，是她的遗物，还停留着她的体温，她皮肤的香气。他还记得她穿着绿衣站在他面前的样子，风曾如何吹起她的衣角，阳光曾如何照亮她的眼眸。而如今，他再也看不到她的身影，再也得不到她的关爱……他也成了一件她的遗物，被她搁置于世间，此后，苍老于悲伤。

古诗里说，思君令人老，岁月忽已晚。其实忽然老去的不是岁月，而是思而不得的心。

一篇《绿衣》，开悼亡之先河，苏轼就曾取其一瓢饮，为亡妻写下："十年生死两茫茫，不思量，自难忘，千里孤坟，无处话凄凉。"

到了纳兰容若那厢，更是肝肠寸裂，心字成灰："青衫湿遍，凭伊慰我，忍便相忘……到而今，独伴梨花影，冷冥冥，尽意凄凉。"

世间诸多情感，皆是如人饮水，冷暖自知，幸好，还有文字可话凄凉。

无论是旷达磊落的苏轼，还是哀感顽艳的纳兰，在悼念与相思面前，他们的心绪都是相通的——所有为爱悲楚的人，心底都有一条幽深而沧桑的河流。

这样的河流，可以浪卷千堆雪，也可以清波浮落花。

"庭有枇杷树，吾妻死之年所手植也，今已亭亭如盖矣。"

——还记得青春年代曾读归有光的《项脊轩志》，觉得情感太过平淡，而如今想起，却感觉平淡中自有深情，让人长久黯然，感触不已。

就像一个说书人，坐在寂寞的庭阶上，表情平静地向你叙说一个古老又朴素的故事……草木幽深，光影缤纷，他说得心苍苍，你听得发如霜。

曾看过一篇报道，说是在美国威斯康星州的某个公园小路上，有一张特别的座椅，上面镶嵌着一个女人的照片，还有她的生卒年。

每天，当第一缕天光降临大地，这张椅子就会收到一束鲜花，以及一个男人的怀念，无论风霜雨雪，从不例外。每次走近座椅，年迈的丈夫都会捧着鲜花朝妻子的照片微笑："早上好啊，亲爱的。"

然后，他就会安静地坐在椅子上，听他们喜欢的歌，与照片里的人小声说话。临走时，他还会亲吻照片，抚摸照片上她的头发、她爬满岁月痕迹的额头、她慈爱温柔的脸，再与她挥手告别："明天见，亲爱的，我永远爱你。"

无疑，这是我见过的最美好的悼念方式——人世的温暖，爱情的可贵，尽在那老人颤巍巍的俯首一吻中，被光阴封缄。

我的小舅舅结婚不过十余年，小舅妈就过世了。

儿时走舅家，小舅妈为人最是温婉可亲，她有一双巧手，善绣花，能裁衣，家里也总是布置得体面又温馨。那时常羡慕小舅妈的孩子——跟我差不多年纪的表姐，可以穿妈妈制作的漂亮裙子，往花墙下一站，就是故事里的小小仙子。

小舅妈家门口种满了蔷薇，每到春夏之交，蔷薇花就爬满了一扇土墙。我和表姐在墙下嬉戏，摘花朵，扮新娘，时光如风拂过耳际，让人全然不知世事深浅。小舅妈系着围裙在院子里喂鸡，栀子花开得洁白丰腴，带来清凉的香气，她一袭素衣，细细的腰身，眉目沉静。

有一次，因为顽皮，我从墙上摔下，糊了满脸的泥，衣服也划破了一道口子。小舅妈把我唤到身边，用手帕帮我把脸擦净。她身上散发着一种若有若无的雪花膏的香气，在那样懵懂的年纪，竟让我凭空心肠一颤。接着，她又取来针线盒，一阵飞针走线，就让原来破口的衣角开出一朵花来，枝枝蔓蔓间，浸染着女性的爱怜和温柔。

"我思古人，实获我心。"如今想来，小舅妈真是蕙质兰心的女子，也难怪小舅舅多年来，都对她念念不忘。

小舅妈因病过世后，小舅舅一夜苍老，恨不得奔她而去。

此后，他宁愿一个人把女儿带大，也不再迎娶任何人。早些年，还时常有人来介绍，但都被他婉拒："这辈子，我只会娶一个妻子。"

直到这些年，小舅舅的日子才终于过得轻松一些。去年我回老家，去看小舅舅，他正在院子里浇花，神情慈祥而安然。还是那一丛栀子花，之前细细的花枝，已经长得壮硕如树，叶子油光发亮，花朵也越发娇美可爱，像雨后的青瓷，盛着一捧陈旧又安静的光阴。

多年未见的表姐也已经结婚生子，她的女儿，竟有着一张与小舅妈极为相似的脸。那一天，小小的人儿蹲在院子里，一点一点地把晚饭花的花汁掐出来，擦在粉嫩的指甲上，见了我，便抬头粲然一笑，眉眼宛然古人。小人儿三岁了，还从没有见过外婆。她只知道，她有一个比任何人都疼爱她的外公。

"我知道，是她回来看我了。"两鬓斑白的小舅舅把外孙女抱在膝上，温情脉脉地轻声说道。仿佛那一刻，他多年来思念的孤苦与凄凉，都化解在了小人儿的弯弯眉目中，有了蕴藉与依伴。

小舅舅的房间里，至今还一直保留着小舅妈的东西。她的衣物，她的针线盒，她的缝纫机，还有她的照片——那是他第一次见到她，发辫乌黑，笑容清丽。而他每天都会整理房间，打理花草，不过，相比早年间，他的心绪温和平静了太多。有时，他还会邀上邻居，打几圈麻将，有时，他也会哼着小曲，给客人煲上一锅好汤，好像小舅妈只是出了一趟远门。

你已不在人世，但你在我心间。

我不能触摸你，但我能感受你。

如风沉于秋水，如云眠于春山。

那么深，这么静。

这么近，那么远。

古老的《诗经》里还有一篇《葛生》，同样写悼亡，不过

主角换成了女子，她在荒烟蔓草的野外悼念亡夫，心间的孤独
与葛藤一样纠缠蔓延，也如荆棘一样茂盛幽深。

> 葛生蒙楚，蔹蔓于野。予美亡此，谁与独处！
> 葛生蒙棘，蔹蔓于域。予美亡此，谁与独息！
> 角枕粲兮，锦衾烂兮。予美亡此，谁与独旦！
> 夏之日，冬之夜。百岁之后，归于其居！
> 冬之夜，夏之日。百岁之后，归于其室！
>
> ——《诗经·唐风·葛生》

亲爱的人啊，你一个人长眠在这里，此刻是谁在陪伴你？

没有你的日子，我的每一个夏日，都犹如凄寒的冬夜。

你等着我，终有一天，我会来此与你相会。

苍茫天地间，生命太短，而遗忘太长。

好在爱有来时，也终有归处。

多年后，也将有人与深爱的人重逢，在另一个世界里，在
时间之外。

于是我经常在想，生命的形态是不是不止一种？

不只是活着，有呼吸，有温热的肉体……也可以是风状的
灵魂，归去来兮，不被世人的感官捕捉，却可以感知到人世的
一切，譬如刻骨的爱意，销魂的相思，虔诚又孤悲的心绪。

所以才能"念念不忘，终有回响"。

如风化水，如水滴石，当一个人与另一个人相爱，一朝一

夕，手足相抵，生命相依，他的灵魂就会一点一滴地渗入对方的灵魂。

而有一天，我们的呼吸停止，肉体消亡，灵魂便可以超越时间的界限，为生命固守最初的记忆，让情爱找到源头与故地。

芍药，一朵爱情的香氛

溱与洧，方涣涣兮。

士与女，方秉蕳兮。

女曰观乎？士曰既且。且往观乎？

洧之外，洵讦且乐。

维士与女，伊其相谑，赠之以勺药。

溱与洧，浏其清矣。

士与女，殷其盈矣。

女曰观乎？士曰既且。且往观乎？

洧之外，洵讦且乐。

维士与女，伊其将谑，赠之以勺药。

——《诗经·郑风·溱洧》

【今译】

溱水，洧水，正在奔流。

年轻的小伙与姑娘，手持蕳草。

有位姑娘说："咱们去洧水河边看看？"小伙说："我已经去

过了。""再去一趟如何？"

洧水对岸，热闹宽阔，洋溢愉悦。

年轻的恋人们，相互打趣调笑，送对方一朵芍药。

溱水，洧水，如此清澈幽深，一起流向远方。

河岸边挤满了小伙与姑娘。

有位姑娘说："咱们去洧水河边看看？"小伙说："我已经去过了。""还去一趟如何？"

洧水对岸，热闹宽阔，洋溢着欢喜。

年轻的恋人们，相互打趣调笑，送对方一朵芍药。

勺药，芍药也。

芍药又称"将离"，从《诗经》的溱洧之水，到《宋词》里的二十四桥，它就一直是惜别之花，代表着相思与爱情。

"二十四桥仍在，波心荡，冷月无声，念桥边红药，年年知为谁生。"

只是后世咏叹芍药，美则美矣，却多有黯然，又常与暮春冷雨相伴，离愁别绪，仿佛沾染了那个时代的悲剧气质。

《红楼梦》里有一章"憨湘云醉眠芍药裀"，曾是我最痴迷的情节。娇憨的湘云醉酒后，在园中大石上枕花而眠，不久便香梦沉酣，就连周围的芍药花瓣飞了一身，也是浑然不觉。

然而读到后面，湘云与新婚的丈夫阴阳相隔，一别永远，又不免凛然一惊，芍药，将离，寒塘鹤影，冷月花魂……只疑心当初那一场醉眠，乃是曹公埋下的伏笔。

我喜欢《溱洧》里的芍药，就像喜欢《溱洧》里的爱情，与君初相识，犹如故人归。

有人问我，何为一见钟情？

如果用张生第一次见到崔莺莺的话说，应该是"我死也"。

电影《怦然心动》里有一句台词也很具美感："世事难以预料，有些人沦为平庸浅薄，金玉其外，而败絮其中。可不经意间，有一天你会遇到一个彩虹般绚丽的人，从此以后，其他人都不过是匆匆浮云。"

但我最后告诉他的，竟是这一句——分明第一次遇见你，我却在心里模拟了一百次的离别。分明还站在你面前，我却在心里长出了思念。

《溱洧》里的女子对心上人的情意，曲径幽深，也皓如明月。

那一片芳香之地，正在溱水与洧水的交汇处。春风沉醉的三月初三，河水解冻，涣涣奔流，年轻的男男女女齐聚水湄，共度上巳佳节。有人站在岸边，手持兰草，以东流之水，祓除身上的宿垢与不祥，并祈求上苍，降临幸福与安康；也有人站在人群里，借着机会与心上人互通款曲，一诉衷肠。

她的目光穿过熙熙攘攘的人群，见了他，心间不禁漾起一池涟漪，在春风的吹拂下潋滟波光，如彩虹倾泻。

"我们去洧水河岸看一看？"

"我才去过。"

"再去一次又如何？"

就这样，一个爱情故事的开头，因为女方的主动而变得活色生香。宽敞的洧水岸边，不时传来欢声笑语。温暖和煦的河风，带来花草萌动的清香，爱情的气息也在慢慢发酵。惜别之时，已有浓情意蜜。春阳曼妙，路边的芍药开得清艳如云又娇俏绯红，堪比情人的脸颊。

"你会忘了我吗？"她问。

他摘下一朵芍药，放在她的手中，"也请你不要忘了我"。

"你会忘了我吗？"

"请不要忘记我。"

——在诗中反观我自己，在青春年代，对一个人再喜欢，也断然不敢说出这样的话来，一切的幽深与热烈，都只会在心里发生。

所以，《溱洧》里的女子，成了诗中人。

而我，成了读诗的人。

"且往观乎？"

诗中的女子，亮烈而勇敢，一句话，给了对方一个契机，让擦肩而过的缘分，变成了一见钟情的邂逅。

也给了自己一份爱的成全。

那朵芍药，是她爱情源头的香氛，也是她青春记忆的密钥。

"在最好的年纪，曾有人送我一朵芍药。"

如果有天容颜老去，两鬓飞霜，一朵芍药的气息，便可唤醒内心最清澈的爱意，就像冰封的河流奔向温软的春天。

愿得一心人，白头不相离

皑如山上雪，皎若云间月。

闻君有两意，故来相决绝。

今日斗酒会，明旦沟水头。

^{xiè dié}
蹀躞御沟上，沟水东西流。

凄凄复凄凄，嫁娶不须啼。

愿得一心人，白头不相离。

竹竿何袅袅，鱼尾何^{shāi}簁簁。

男儿重意气，何用钱刀为！

——卓文君《白头吟》

【今译】

爱情应该像山上的雪一样纯洁，像云间的月一样清亮。

听闻你对我已有二心，那么，不如由我来提分手。

婚姻就像一场情投意合的筵席，你若无心长久，我又何必纠缠。

喝完这一杯酒，我们就依照这沟水的方向，各奔东西。

想当初我放下一切随你夜奔，不似世间女子那般难过哭泣。

只愿与心上人白头到老，永不相离。

我们的感情，也曾如胶似漆，如鱼得水。

如今一切转瞬即逝，便只能奉劝一句，身为男子，应当以情意为重，这才是千金不换的品质！

一

西汉景帝时期，某一个春日，一位叫卓文君的姑娘弹罢一支曲子，坐在梧桐树下，望着澄澈的天空轻启朱唇："凤凰鸣矣，于彼高冈。梧桐生矣，于彼朝阳。"

梧桐乃神木，有引风来仪的风流。凤凰非梧桐不栖，而那个时候的卓文君，心里想的却是，佳人非才子不嫁。

卓文君自然是佳人。

论才学，琴棋书画诗酒花，她样样精通，十五岁即得"蜀中才女"之名，手中一把祖传名琴，更是弹得行云流水，出神入化，从未相逢对手。

论相貌，她是颜比花娇的美人，昔日追求她的王公贵族数不胜数，人称是，文君娇好，眉色如望远山，脸际常若芙蓉，肌肤柔滑如脂，乃蜀地百年难遇的倾城绝色。

论家世，她是蜀郡临邛冶铁巨商卓王孙的掌上明珠。卓王孙富甲一方，家中良田千顷，金银无计，据说光伺候其衣食起居的仆人加起来就有八百个。

文君十五岁及笄，十六岁大婚，卓家的嫁妆三天三夜都没有运完。

彼时，她一袭红装，坐在金玉镶就的花轿里，也曾像世间众多平凡女子一样，以为这一生会与良人相伴，度过宜室宜家的一生。

谁料结婚仅一年，她的夫君就病逝了。悲痛之余，新寡的她回到娘家居住，虽锦衣玉食，却百无聊赖，只能将一腔孤寂的心事诉于古琴，可惜，身边没有一个人能听懂。

那一年，卓文君十八岁，年华如玉，心如荒野。

她本以为，她这一生将在华贵的寂寞中度过，却没想到不久后的一天，她会遇到一个叫司马相如的人。

二

司马相如本不叫司马相如，如果翻开他的户口簿，会发现他最初的名字其实叫"犬子"。

好在出仕前，他终于意识到了这个名字难登大雅之堂，而他正是一个心怀凌云之志的人，又因仰慕蔺相如之才，便将自己的名字改成了"司马相如"。

如此，名字便成了一份如影随形的积极的心理暗示，也成了自我赋予的命运，草蛇灰线，伏脉千里。

不过，司马相如的确是才子。

他是一个剑客，自小练剑以强身，后来渐渐成为一种别样的雅兴，腰间凤鸣剑，宛若霜雪明，假设他生在盛唐，想来一定可以成为李白的知己，"十步杀一人，千里不留行，事了拂衣去，深藏身与名"，多畅快！

他善作赋，放眼西汉，只有他的文采可与司马迁比肩。昔日景帝的兄弟梁王刘武就曾慕名请他作赋，于是就有了一篇《如玉赋》换一把绿绮琴的佳话。

"绿绮"更是绝世名琴，桐梓合精，千金难买，可见梁王对司马相如赏识，也可见司马相如的非凡文采。

他还是西汉最俊美的琴师，生得剑眉星目，气韵清朗，仪表堂堂，精湛的琴艺加上绿绮的绝妙音色，让他成为万千少女心中的明星。

但司马相如志不在此，他心里藏着的是从小渴慕的功名。出身贫寒的他比谁都要清醒，二十年磨一剑的苦寒坚持，岂可囿于小情小爱，油盐柴米？他要的是有朝一日位极人臣，名扬天下。

只是，那个时候的司马相如虽有浩瀚的才情，却还未等到属于他的时代与机缘。自从赏识他的梁王病逝之后，他在朝中便无依无靠，只能称病回到家乡临邛，投奔友人县令王吉。

在临邛，司马相如是韬光养晦，也是以退为进。尽管常有人慕名求访，但他从来都是婉言相拒，避而不见。

直到有一天，他听到了一个名字——卓文君。

三

那是一场属于爱情的盛筵。

卓家大宴宾客，请司马相如大驾光临。席间，他与卓家小女隔了屏风遥遥相对，以琴传情，一见倾心。她一袭白衫，隐于屏后暗暗窥他，他端坐堂前，清雅风逸，谈吐得当，眉间七分磊落，三分孤傲，尤为迷人。

凤兮凤兮归故乡，遨游四海求其凰。

时未遇兮无所将，何悟今兮升斯堂！

有艳淑女在闺房，室迩人遐毒我肠。

何缘交颈为鸳鸯，胡颉颃兮共翱翔！

凤兮凤兮从我栖，得托孳尾永为妃。

交情通意心和谐，中夜相从知者谁？

双翼俱起翻高飞，无感我思使余悲。

——《凤求凰》

绿绮的琴音在司马相如的指尖化作了一条奔涌的河流，深情、热烈、婉转、悲切……伊人在彼岸，桐花簌簌，凤凰鸣矣，内心乍逢一夜春风。

她听得沉溺，也听得真切，《凤求凰》里的九转心曲，她全懂得。

千山万水，世事茫茫，那一刻，他终于为她而来。

是夜，司马相如买通了卓家的侍女，给心事彷徨的卓文君暗递书信，进一步表明自己的意愿，以此探测她的决心。卓文君收信后，果然踏着月色，夜奔心上人。

为了避免卓家阻拦，司马相如又带着卓文君连夜赶往老家成都。在那里，卓文君也终于知道了什么叫"家徒四壁"，她还第一次在地上看到了爬来爬去的老鼠。

卓文君明白，琴棋书画、雪月风花再好，终究无法代替一日三餐。所以，私奔后的第二日，她就变卖了随身佩戴的首饰，给家中添置日常用品，然后为心上人洗手做羹汤。

不久后，卓文君见司马相如为仕途之事心忧，又写信给父亲，希望父亲可以接济一些钱财，为新婚谋求前程。而卓王孙怒气未消，回信道，不孝之女，新寡私奔有辱门风，虽不忍杀，但一分钱不给。

卓文君收到信后，忍不住笑了。没有人比她更了解自己的父亲，既不忍杀她，又怎忍苦她，他爱面子是真，爱女更是切！

很快，她便与司马相如卖掉车马，来到了临邛，还开了一家酒舍，地址就在卓家对面的大街上。

于是，卓王孙一打开门，就看到了曾经的冷傲琴师与市井杂役混在一起洗涤酒器，昔日的千金小姐荆钗布裙，正挽起袖子当垆卖酒。

卓王孙哪里受得了这般的耻辱和煎熬？

罢了罢了。他很快打发女儿一大笔钱，令其与夫君赶紧回成都安置家业，他只求一个"眼不见为净"。

至于司马相如，当时所有人都以为，他这辈子也不过如此了，久不出仕，依靠妻子娘家的钱财生活……

但卓文君不这样想。从见到他的第一眼开始，卓文君就相信，她选的人，一定不会囿于池中，只要一个合适的契机，他便可以直上青云。

四

多年后，司马相如终于等来了汉武帝的即位。

武帝喜赋，司马相如就投其所好。《子虚赋》《上林赋》，尽显他的旷世才华。得武帝赏识后，从郎官到中郎将，从良田到别墅，倚伴着帝王的荣宠，司马相如果然平步青云，扶摇直上。

总算是没有枉费卓文君的一番爱意与苦心。只是卓文君没有想到，她和司马相如之间，也有色衰而爱弛的一天。就像世间多少有情人，可以相安于贫困，却不能共享于富贵。

司马相如入朝为官曾离开成都五六年，其间，卓文君为他写下一首《怨郎诗》：

一别之后，二地相悬。

只说是三四月，又谁知五六年。

七弦琴无心弹，八行书无可传，九连环从中折断，十里长亭望眼欲穿。

百思想，千系念，万般无奈把郎怨。

万语千言说不尽，百无聊赖，十依栏杆。

重九登高看孤雁，八月仲秋月圆人不圆。

七月半秉烛烧香问苍天，六月伏天人人摇扇我心寒。

五月石榴红似火，偏遇阵阵冷雨浇花端。

四月枇杷未黄，我欲对镜心意乱。

忽匆匆，三月桃花随水转，飘零零，二月风筝线儿断。

噫，郎呀郎，巴不得下一世，你为女来我做男。

当时的司马相如已另结新欢，喜欢上了一位年轻貌美的茂陵女子，并打算收之为妾。

他以十三字家书知会卓文君，看似隐晦，实则直白："一，二，三，四，五，六，七，八，九，十，百，千，万。"

唯独缺了一个"亿"。

卓文君收了信，心伤如弦断。一曲《凤求凰》尚在耳际，然往昔恩爱已全消。"亿"通"忆"，无亿即不忆，他这是不爱了！

就像当年决心夜奔一样，卓文君的爱与恨，都是贞烈而决绝的。她当初既可以为他舍下名誉，一起私奔，如今便可以因他喜新厌旧，与君长诀。

我爱你，只是因为你值得。你若有二心，那么不好意思，我既然已经有过一个亡夫，也不介意再多一个前夫。

她随即以一首《白头吟》复他：

皑如山上雪，皎若云间月。

闻君有两意，故来相决绝。

今日斗酒会，明旦沟水头。

蹀躞御沟上，沟水东西流。

凄凄复凄凄，嫁娶不须啼。

愿得一心人，白头不相离。

竹竿何袅袅，鱼尾何簁簁。

男儿重意气，何用钱刀为！

司马相如收到信后，一字一句，往事扑面而来。

他惊叹妻子的魄力与才气，又念及妻子始终如一的深情与爱意，不由羞愧难当，悔恨交加。

于是连夜回到成都，向妻子赔罪，从此不提纳妾之事。

五

相传卓文君与司马相如重修于好后，白首偕老，安居林泉，在屋前遍植梧桐，又生得一女，唤名"琴心"。

至此，一段"凤求凰"的佳话便完满收梢，流传至今。

而在这段佳话里，真正打动我们的，其实并不是他们金相玉质的感情，或是百世无匹的才情，而是卓文君对待爱情和婚姻的那种姿态。

当然，也不是男人的死穴和婚姻的七寸，她都了如指掌，而是当初她义无反顾决计与司马相如私奔时，肯定想过，在这段婚姻中，自己能不能承担最坏的结果，有没有拿得起、丢得下的勇气，具不具备接纳、重建以及维护的能力。

所以，彼此恩爱的时候，她可以柔情脉脉，为他低到尘埃里，恪守一个妻子的情分；听闻对方有二心时，她也可以风骨铮铮，站起身来拍拍灰尘，维护一个才女的体面。

好在婚姻相比世事，唯一不必遵循的，就是弱肉强食的丛林法则。

你既回头，我便接纳。一个女人优雅的姿态，不是锋芒毕露，打落牙齿和血吞的"硬气"，而是海纳百川，永远保持自洁能力的大气。

人生不可能处处顺遂如意，爱情和婚姻同样如此。

当情感遇到波折的时候，真正强大的女人，从不会一哭二闹三上吊，而是随时将主动权牢牢掌握在自己手里，适当的时候，可以抛出自己的底牌。

而身为女人，美貌可能枯萎，千金可能散尽，爱情可能变质，唯有心底的智慧与格局，永远不会过期。

东篱把酒，真意可忘忧

结庐在人境，而无车马喧。

问君何能尔，心远地自偏。

采菊东篱下，悠然见南山。

山气日夕佳，飞鸟相与还。

此中有真意，欲辨已忘言。

——陶渊明《饮酒·其五》

【今译】

我居住在红尘深处，也能远离车马喧嚣。

为何可以如此？因为我内心清净，自然如居山野。

东篱采摘菊花，悠然自得，南山就在不远处。

傍晚时分，山色尤其秀丽，远处的飞鸟都结伴而返。

其中的意境与滋味，真是妙不可言。

随着舌尖的婉转，我不禁暗自惊心，原来这读字生义，还真有相契之时：陶，是悠然醉意；渊，是尘缘之数；明，是玉壶冰心。

陶渊明是名士。纵观名士之渊薮,又分入世与出尘。以明镜之心观辩清浊深浅,入世乃众人皆醉我独醒,出尘为众人皆醒我独醉。前者,是修为,后者,是浪漫。

陶渊明写诗如饮酒,全凭兴致。饮酒诗一共二十首,皆与酒相关,却又独立成篇,各有真意。

在诗前,他作有小序:"余闲居寡欢,兼比夜已长,偶有名酒,无夕不饮。顾影独尽,忽焉复醉。既醉之后,辄题数句自娱。纸墨遂多,辞无诠次。聊命故人书之,以为欢笑尔。"

彼时正是东晋末年,他辞官归田已多年。夫耕于前,妻锄于后,晨兴理荒秽,带月荷锄归,日子过得清贫而淡泊。隐逸的生活,虽让他与救济苍生的伟大理想相去甚远,却契合了性本爱丘山的本质,所谓失之东隅,收之桑榆。

更何况,还有酒相伴,有菊可赏。

"暧暧远人村,依依墟里烟。狗吠深巷中,鸡鸣桑树颠。"南山之侧,云霞织锦,草树成章。东篱之下,一帘清风,几处闲田。生活,如此简单,又如此美好。

陶渊明在他的草屋前后遍植菊花,到了秋天,正好可以酿菊花酒,从一个重阳喝到另一个重阳。

曹丕在《九日与钟繇书》中写:"岁往月来,忽复九月九日。九为阳数,而日月并应,俗嘉其名,以为宜于长久,故以享宴高会。"

从此,世间便有了重阳佳节。

因在《易经》中,六为阴数,九为阳数。九月九日,又叫重九。人们以登高宴、插茱萸、饮菊花酒的方式来庆祝,希望得到日月并阳的福佑，岁岁年年，天长地久。

东晋葛洪在《西京杂记》里记载了酿菊花酒的方子："菊花舒时，并采茎叶，杂黍米酿之，至来年九月九日始熟，就饮焉，故谓之菊花酒。"

陶渊明最爱的就是菊花酒。"酒能祛百虑，菊解制颓龄"，东篱把酒，此中真意，可忘言，可忘忧。

薄雾浓云愁永昼，瑞脑销金兽。佳节又重阳，玉枕纱厨，半夜凉初透。

东篱把酒黄昏后，有暗香盈袖。莫道不销魂，帘卷西风，人比黄花瘦。

——李清照《醉花阴·薄雾浓云愁永昼》

但在北宋的某个重阳，新婚不久的李清照却不能忘忧，终是瘦成了落寞的黄花。

那个时候，因为朝堂两党之争，她的父亲李格非被贬至蛮荒之地，她则被迫与丈夫赵明诚分离。

酒入愁肠，化作相思泪。她的那杯菊花酒，是孤苦的。把酒东篱，人间的欢喜都与她无关，她只是一个无家可归的人。

关于这首《醉花阴》，还有一段佳话。说是李清照当时把这首词附在信件后面寄给了远方的丈夫。赵明诚收到信后，连呼好词，于是闭门苦思三天三夜，得和词五十首，又将妻子的《醉花阴》夹杂在和词中，一起拿去给朋友们品鉴。然而友人赏玩再三，称"唯有三句绝佳"，一问，对方徐徐答之："莫道不销魂，帘卷西风，人比黄花瘦。"

赵明诚自此对妻子的才情心悦诚服。

只是，在爱情的世界里，才情终究是身外物，真心与深情不能棋逢对手，才是最为遗憾的事情。

黄昏后，鸿北去，日西匿。多年后的重阳，一个叫刘克庄的词人，在他的菊花酒里，读出了东篱的真意与忘言，也懂得了易安的深情与孤意。

所以他说，若对黄花孤负酒，怕黄花也笑人岑寂。

陶渊明嗜酒如命，凡有友来访，无论贵贱，只要家中有酒，必与人同饮。日月为扃牖，八荒为庭衢，"我醉欲眠卿可去"，又每饮必醉。如此，酒用以解忧，菊用以忘物，结庐于乱世之中，一颗真心不染车马喧嚣、名利权贵，才能做到陶然自得。

宋代朱熹如此评价陶渊明："晋宋间人物，虽曰尚清高，然个个要官职，这边一面清谈，那边一面招权纳货。渊明却真个是能不要，此其所以高于晋宋人。"

苏轼也最爱陶渊明的真意："欲仕则仕，不以求之为嫌；欲隐则隐，不以去之为高。饥则扣门而乞食；饱则鸡黍以迎客。古今贤之，贵其真也。"

陶渊明是真隐者，也是真贤者。直至离世，他都始终恪守风节，哪怕晚年一度病困交加。

元嘉四年（公元 427 年）秋，六十三岁的陶渊明离世。在经历二十多年的隐逸生活后，他终于将身心全部归于自然。

此后，世间菊舒菊卷，都带着东篱的香气与真意。

秋天

鸟鸣可安乱世之才

东篱菊的甘甜

往深处微微侧了一下身

就能将凌云的襟抱

锈蚀

绽放与归隐

在壶底呈现出海天一色了

低处的香气

又一把勾住了南山

明代画家张鹏有一卷《渊明醉归图》，画的也是满纸醉意，仿佛是真去了一趟东晋，刚刚与陶渊明对饮过一场。

图中，一位醉眼蒙眬的老者，袍袖低垂，须发飘逸，由一个童子搀扶着，正缓步走在山道上。山道上有风，是松风。童子敦厚结实，憨态可掬，手中举着一枝折下的菊花，像举着一面带有姓名的旗帜——身边老者，陶渊明是也。

只是细看那画上的两行题字："酣然尽兴酬佳节，指恐梅花催鬓霜。"便知此君到底不是渊明知己。

幸而陶渊明有菊花为知己。

人生有一知己，便可以得真、得远，也可以不恐、不恨。

第二卷

海棠解语，美人如玉

晓霜枫叶丹

步出西城门，遥望城西岑。

连障叠巘嶺，青翠杳深沉。

晓霜枫叶丹，夕曛岚气阴。

节往戚不浅，感来念已深。

羁雌恋旧侣，迷鸟怀故林。

含情尚劳爱，如何离赏心。

抚镜华缁鬓，揽带缓促衿。

安排徒空言，幽独赖鸣琴。

——谢灵运《晚出西射堂》

【今译】

步行出西城门，遥望西山。

西山层峦叠嶂，青翠的山峰在暮色中显得幽深而朦胧。

早上，清霜染红了枫叶，傍晚，夕阳的余晖让山色渐渐暗下去。

随着时节的推移，我内心的愁绪在慢慢增加，思念也越来越深。

被笼子关住的雌禽会想念昔日的伴侣，迷途的小鸟会怀想曾经居住的森林。

禽鸟的感情尚能如此深厚，我离开了赏心的知己，又要如何不哀伤。

镜子里的自己，霜华染白了鬓发，衣带也日益宽松。

顺其自然是徒劳的，孤独的时候，便只能用琴声以慰愁肠。

晓霜枫叶丹，夕曛岚气阴。谢灵运被后世誉为中国山水诗鼻祖，仅此一句，便秋意四起。

史料记，谢灵运自二十一岁入仕，历经晋、宋两代，一生宦途坎坷。永初三年（公元 422 年）五月，宋武帝刘裕卒，太子刘义符即位，是为少帝。谢灵运受到当朝权臣排挤，离京出任永嘉太守。

这首《晚出西射堂》，便是写于该年深秋。

位于瓯江下游的永嘉，素有"七山二水一分田"之称，以山秀、水媚、岩奇、瀑多、村古、滩浅林密等闻名于世。谢灵运被外调于此，前朝往事，今时离思，皆让他戚戚难遣郁结。西城的山色，鬓上的华发，也更添他的杳杳幽独。

是时，刘宋王朝的天空下，江南的层峦叠嶂间，依然还留有东晋的余温。秋光老尽，沙岸萧索。黄昏之时，在一只迷鸟的啼鸣声中，他不免轻叹，这世间，唯有琴音与诗心，可暂慰羁旅之岑寂。而那些苍茫的感念，又将伴随一季枫丹摇曳入心，让他的山水情怀，有了别样瑰丽的光彩。

世人云："渊明独得田园之趣，灵运独得山水之美。"诚然，读谢灵运的诗，就像身临山川流水，领略天地间恒定或瞬变的美。

一如与东山魁夷笔下的美丽情愫乍然相逢，带着胶片时代的浪漫质感，逸荡而隐秀。

看东山魁夷的《初红叶》，晓霜初染，每一片叶上，都散发着秋的韵味。一朵枫的枝丫，就是一座山峦。一层一层的琥珀黄，向着红色的醉意过渡，正醺醺然探向一条蜿蜒的小道，宛若清凉的晨曦。

像他在散文《红叶》中所写："林泉中飘荡着深深的秋色，寂寞而美艳。"而那些枫叶，悬浮在风中，又是如此的温情，直抵秋天深处，也可慰藉内心深处的寂寞。

光之昏。日至虞渊，是为黄昏。东山魁夷的《光昏》画于1955 年，据说是以野尻湖眺望黑姬山的素描为原型创作的。鹅黄的羽毛一样的柔软天空。紫金色逆光的黑姬山，释放出独特的孤独能量，仿佛时间的遗址。墨绿色的湖泊，稠浓幽深，亦显得非常庄重。而湖边，却有大片的枫树森林，一团一团枫叶，在夕阳的余晖中相互依恋，呈现初生的赤子光晕，映衬着素雅沉寂的山体湖光与嵯峨秋天，形同亘古的福祉。

《秋行》里睡着的则是一片枫叶的海洋。一丛枫树，生长成海之岛屿，海之洞穴，海之楼阁。熟透了的三角枫叶，落得铺天盖地，颜色随风流淌，无限的安详，也无限的丰盈。风在吹，顺手翻开那些无声的落叶，就能听见三千尺暗涌的涛声。风在吹，一枚枫叶落入水面，刚刚打了半个旋儿，一句湿漉漉的鸟鸣，便在树梢的巢中破壳而出。风再吹，画面如此天真洁净，竟发出了微微的，幼兽一般的，枫红色的鼾声。

《冬映》《秋映》《秋翳》……皆有枫。

东山魁夷说，风景是心镜。

透过东山魁夷的那面心镜看世界，会发现他的文字与画作，自始至终都有一种强大的精神索引贯穿其中。那是人性与自然的情缘交集，山水云翳，草木花开，他以整个生命感应，毫无保留地渗入、交付，如此，才能从中获得源源不绝的力量。

是以，他画的枫，如其名，山鬼之灵，幽玄夷旷。随意扯下哪一角岚气倾泻的透明之红，沉静之红，流动之红，就能一寸一寸抹干净观画人的瞳孔。

尔后，内心的澄澈亦渐次漾开。

枫，这个字也有盛开的美。木之风，飒飒，带着飘荡的香味。

听《片片枫叶情》，就有那样的香味。

20 世纪 90 年代流行的粤语歌，如今还有人恋恋地哼唱着，可那段记忆，早就悄无声息地老去了。怀念有香息，像低回的粤语一般，被沿海的秋风一吹，就多了几分软糯缠绵的深情：

"片片红叶转，它低叹再会了这段缘。片片红叶转，回头望告别了苦恋。爱似秋枫叶，无力再灿烂再燃。爱似秋枫叶，凝聚了美丽却苦短……"

与一季红枫对视，本就是一场青春记忆的回顾。

一个片段，就是一帧老岁月。时间像叶脉上随风闪烁的光昏，投下一地的清凉与温暖。隐秘的绽放中，便依稀有了相思的模样。

犹记得校园时，教学楼下的林荫道边，遍植红枫，也叫相思枫。在年少春衫薄的时代，我曾那样向往过远方的海风与灯火，向往过夕阳下轰轰烈烈的完美爱恋。仰望天空的片片云翳，身边燃烧的枫红，会温柔地点亮老旋律一般的黄昏。而我把薄薄的枫叶摘下来，用暗香盈动的圆珠笔在叶片上写字，再放进信封，向犹如幽涧的人心深处，投递。

一重山，两重山，山远天高烟水寒，相思枫叶丹。

菊花开，菊花残，塞雁高飞人未还，一帘风月闲。

——李煜《长相思》

长相思，长相思，枫如相思，相思亦如山，**重重叠叠，云水高渺。**

在遥远的五代，李煜就曾拾起某一枚枫叶填词，填一帘黄花寂寂深闺闲的秋怨，任凭鸿雁访遍风月，亦无处可寄，只余那寥廓的群山秋色，伴随着万年舒卷的白云，漠漠入画，与时光相媚相好。

明代画家蓝瑛有一卷《白云红树图》。

又是一种不一样的大美。

画卷色彩明艳，灿灿有声。山水重叠，云雾缭绕，绯红的枫树于奇崛山脉间凌壁而立，宛若汹涌的烟霞，在天际奔腾，一派莽莽之势。苍苔在石峰点翠，苍苍生气，令人睹之神怡。

山间有清澈瀑布，飞流如练，隆隆坠入崖底幽涧，汇成一汪沉静的碧水。水中浅草丛生，姿态活脱，因红树霞光相照，竟染成了朱砂之色。一位白衣老者正倚杖涉桥缓行，悠哉游哉地步入红树深处，仿佛道者入道境，无须相约，连衣襟上的每个褶皱，都与画意那么契合。

该画乃是仿南北朝画师张僧繇没骨画法而绘。

"龙之为物，灵奇变化，张僧繇画成点睛，会当飞去，固不可杂于凡类"，张僧繇为没骨画祖师，在那个临近谢灵运的朝代，手中一支神笔深得魏晋山水之高妙，更有画龙点睛的风流，可谓今古独立。

蓝瑛亦笔法润秀，修没骨之道，自成俊朗风神。他一生勤奋，最喜临摹古树苍山。他将山水植入胸中，于是一运笔，便可将万千气象呼之欲出。

再看画中，白云摒弃了传统的勾皴方法，选择花青与白粉晕染而成，或浓或淡或留白，皆是静中有动，如同捕风，亦如捉影，一触即飞。那些丘壑、泉石、草叶，亦独具精、气、神，均历历有致，浓丽洒然，却无半点甜腻的俗气。

"连障叠巘崿，青翠杳深沉。晓霜枫叶丹，夕曛岚气阴。"

画中天籁、地籁、人籁，相谐而生。

如此，便可以情怀作烘炉，以溶光阴、苍穹、白云、山风、红枫……为风流。

至于什么离愁，什么相思，皆入之即化，宛若没骨。

风动竹，疑是故人来

微风惊暮坐，临牖思悠哉。

开门复动竹，疑是故人来。

时滴枝上露，稍沾阶下苔。

何当一入幌，为拂绿琴埃。

——李益《竹窗闻风寄苗发司空曙》

【今译】

傍晚打坐，窗外似有声响，临窗而望，思绪悠哉。

微风吹开院门，又吹动竹叶，只疑是老友到来。

叶上的雨露不时因风滴落，渐渐没入阶下的青苔。

风何时能入屋来？就像故人一样，掀开帘幔，为我拂去琴上的尘埃。

望风怀想，能不依依？

更何况，还有竹。

暮霭纷纷，他临窗静坐，如一位孤独的老僧。忽有风来，吹动窗边的竹叶，仿佛故人脚步。是微风。翠影曳动，微风自碧，竹叶上的露珠滴在阶上，旋即隐入阴凉的苔痕，除了寂静，还是寂静。

微风善记忆，记忆闻风而动。屋外竹林青青犹在，屋内琴弦积满尘埃。

往昔往昔，不可追兮，谁为伯牙，谁为子期？

读这样的诗，心是寂静的，也是怅然的。

像听一首老歌，唱歌的人都故去了，听歌的人还在风中，思绪依依，念念不忘。

只是让我一时难以置信的，还有此李益便是彼李益。

我一步一步比对李益的资料：唐代诗人，陇西才子，少有才思，丽词嘉句，时谓无双，与苗发、司空曙同为大历十大才子……

他还真是《霍小玉传》中的那个李益李十郎啊。

书中的故事就发生在大历年间，陇西书生李益初到京城求官，经人介绍，与名妓霍小玉相识。

小玉本是霍王之女，"姿质秾艳，一生未见，高情逸态，事事过人，音乐诗书，无不通解"，无奈霍王早薨，小玉又是庶出，不得兄长收留，便只能与母沦落在深巷之中，凄凄身世，实在可怜。

彼时，李益是门族清贵的风流公子，且早有诗名相传，"开门复动竹，疑是故人来"，就是小玉最爱的诗句，足够令她以身相许。在霍小玉看来，"风动竹"比"复动竹"更为奇妙。

这样的相遇，想不发生点什么都难。一开始，李益就是个明白人：小娘子爱才，鄙人重色。两好相映，才貌相兼，自然欢爱不尽。

然而极欢之际，总令人不觉悲至。

小玉一片痴心，亦有一片玲珑心。月圆花好之宵，她望着枕边人，忽然泪流满面："妾本娼家，自知匹配不上十郎。如今尚有几分姿色，有幸得到贤君垂爱，可一旦年老色衰，十郎便会恩移情替，而我，就像藤萝失去了大树，就像秋天的扇子被弃置，没有了依靠……"

明月天心，红烛在侧，望着怀中楚楚娇娘，纵是铁石心肠，怕是也能融化。他或许也是真动了情，便安抚小玉："夫人何出此言，即使粉身碎骨，小生也会对你不离不弃。"

遂又请以素缣，着之盟约，转瞬就将一腔才情挥洒成章，引谕山河，指诚日月，句句恳切，闻之动人。

小玉将这相爱的凭证珍藏在宝箧之内，从此安心。

两年后的春天，李益终于得官，被授予郑县主簿之职，四月就要上任。

筵席之上，亲友都来为李益饯行。当时春景未消，夏景即至，流光如锦，十郎的前程亦如锦。

可小玉自知不是锦上花。酒阑宾散，唯她一人离思萦怀。十郎此一去，怕是再难相续尘缘。以他的才气与名声，家有高堂，身无妻室，又不乏景慕者，自能成就一段美好姻缘。至于那盟约之言，天长地久，山河日月，就尽当是一场梦话吧。

于是，她哽咽着告诉李益，郎君今年二十有二，我希望能再侍奉你八年，直至你的壮室之秋。八年，一生欢爱，尽毕此期。

八年后，你去名门与人永结秦晋，依然为时不晚。我则舍弃这人间，剪发披缁，遁入空门。这是我唯一的夙愿，于此无他。

如此情深，如此卑微，她近乎哀求。

他也不是不感动。临别之时，他含泪而道：与卿偕老，生死共之。数月之后，定来接卿团聚。

回到陇西家中，李益方知母亲已为自己定了婚约。

他即将迎娶的妻子，乃望族之女卢氏。母亲素来严毅，他亦不敢辞让。婚期将近，为了筹足百万聘礼，他从秋至夏，四处奔波，却唯独不肯捎给小玉半纸消息。

那时，他是一心想要与她了断的。

可怜小玉等他、念他、寻他，博求师巫，占卜问卦，内心忧恨一年有余后，终是憔悴成疾，卧床不起。想她莲心通透，又怎会不知人心易变的道理。她知，她只是不信，也不愿信。还是要亲口问他一声，为何，为何？

她必须找到他，哪怕用尽所有钱财，甚至不惜将父亲留给她的紫玉钗当掉。而事实上，她要寻的人就在长安，已准备好了聘礼，打算择日迎娶新妇，刻意晨出暮归，只为与旧人恩断义绝。

自古长安多侠义之士。

一位黄衫客得知小玉痴心，便自作主张巧施一计，将李益骗到了小玉面前。

小玉已奄奄一息。看着眼前苦苦寻觅的负心人，她侧身痛哭，数年爱恨齐聚于心，端起一杯诀别酒，浇在地上，竟气绝身亡。

"我为女子，薄命如斯！君是丈夫负心若此！韶颜稚齿，饮恨而终。慈母在堂，不能供养。绮罗弦管，从此永休。征痛黄泉，皆君所致。李君李君，今当永诀！我死之后，必为厉鬼，使君妻妾，终日不安！"

小玉死后，李益总无端猜忌妻妾与人有染，数次婚姻，皆不得善终。

并非小玉的诅咒应验。

而是李益于心有愧，于是疑心成疾，疑心成鬼。

所以，我是宁愿李益写这一首诗的时候，年纪是老一点的。

人老了，心也就宽了，生命中的爱和恨，也都变得轻了，薄了。生命若归，万物皆微。不足道，不足惧。岁月总是会在残忍中分泌出或多或少的仁慈。

繁花落尽，写诗的人已老成一茎瘦竹。临窗闻风，他选择用友情慰藉孤独。

从前看张中行的《归》，有几句印象颇深，久久不敢忘怀。

他在文中写："我感到岑寂，也许盼什么人，今夜雨来吗？但终于连轻轻的印地声也没有，于是岑寂生长，成为怅惘，再发展成凄凉……"

雨似故人，勾起心中无限事。此番景况，与"开门复动竹"多么相似。

张老一生清贫，看他暮年小照，尽是古雅竹意。老年的他说，"最舍不得的，是生命"。于是，在他的文字里，随处可见强烈的生命的力量，犹如春笋破土，翠竹葱茏。

风动竹，疑似故人来。

如此，唐代的李益唯有沉潜在友情里，心有老境，才能写出生命中最美好的疑猜。

看郑板桥的竹，亦是心有老境。他晚年辞官归于扬州，以卖画为生。

"大幅六两，中幅四两，书条对联一两，扇子斗方五钱"，明码标价，概不赊账。

若有人想以物换画，他就会声称自己年老神疲，不愿多费唇舌，"凡送礼物食物，总不如白银为妙"，俨然一斤斤计较的古怪老儿。

所谓人无癖不可以也，他倒也古怪得十分可爱。身为扬州八怪之一，怪，应当是他的本分。

他的画作果然供不应求。生意兴隆了，就置几间茅屋吧！遍植翠竹，写字，作画，题诗，与故人往来，好不悠哉。

于是，他的一支笔，便得了竹之精气，运行纸上，每一点墨迹都是成竹在胸。森森竹叶，如小刀出鞘，可劈青云可碎明玉可切圆滚滚的橙子。

风一动，仿佛竹叶喁喁有声。疏影簌簌，与身后古朴岩石恰好相映成趣。枝节则粗者若箫，细者若须，老劲奇瘦，皆饱含郁郁苍苍之意，在纸上绿云浮动。

画上诗文亦极佳：

吾家有茅屋二间。南面种竹。夏日新篁初放，绿荫照人。置一小榻其中，甚凉适也。

秋冬之季，取围屏骨子断去两头，横安以为窗棂，用匀薄洁白之纸糊之。风和日暖，冻蝇触窗纸上，冬冬作小鼓声。

于时一片竹影凌乱。

岂非天然图画乎？凡吾画竹，无所师承，多得于纸窗、粉壁、日光、月影中耳。

果然是文风俊逸，笔锋俊逸，生活俊逸，人也俊逸。

晚年的郑板桥，无官一身轻，常卧幽篁中，"纸窗、粉壁、日光、月影"，修得一襟虚怀，亦练就了一副翠骨。

如此天然，自能天成。

相传有次他在墙壁上画竹，画成之后，又逢雷雨闪电，竟让上百只麻雀误以为是真的竹林，纷纷飞来避雨。

而他的书法，综合草隶篆楷四体，再加入兰竹笔意，大小不一，歪斜不整，自称"六分半书"。但看那一勾一笔，分明是凉蛇吐芯，忽静止，忽游离，舞动于方寸之间，倏尔一转一折，又得浪花击岸的气势。

岂止是怪，简直鬼魅之才！

多年前，舅舅屋后有一大片竹。

舅舅住的是祖上留下来的老宅子，中间天井相通，三进深的堂屋一直通到潮湿的山脚下。一侧身，就能摸到蕨类丛生的土墙。土墙上，被舅舅用长柄木槌敲满了田螺壳，用来防止泥土滑坡。那些死去的田螺，散发出咸咸的腥味，经过风吹日晒，才会生出卵石一般的静谧妥帖。而见缝插针的旺盛青苔，则会一直攀缘到后山的竹林里。

竹子长满了整片后山。头顶有风刮过来，竹叶沙沙沙沙如骤雨兜头浇下，满身都是凉意。风又刮过来，沙沙沙沙的声音便会一浪一浪地涌到山的另一边去。人站在里面，空气里全是好闻的植物气味。脚下的竹叶铺了一层又一层，踩在上面，就像踩在枯叶托举的水面。深林人不知，一腔心事走在里面，与人那么远，与竹那么近。

儿时不懂清幽为何物，只知道进了竹林内心充满了喜欢。有时候，我会和母亲一起去，母亲弯着腰在林子里捡拾笋衣用来做鞋样，我喜欢用小刀在竹节上刻字，张扬的稚嫩的笔画，刻个某某到此一游，真是十足的愚顽。当然，我最爱的，还是收集笋衣。我对做鞋样没有兴趣，只想着把它们交给舅舅做手工。舅舅疼我，他用笋衣给我做耗子，做小伞，做七七八八的小玩意儿。我坐在他的腿边，看着夕阳抚摩上陈年的窗棂，内心对人世的美好坚信不疑。

始怜幽竹山窗下，不改清阴待我归。

多年后我归来了，亲人们却已搬出了老宅。昔日的竹山，亦被夷为平地，化作通往隔壁城市的高速公路。

想到这里，我心里不免一阵惆怅。

亲人一朝别，几度隔山川。这惆怅淌在了纸上，就有了思念摇落。

旧时光踟蹰不前，懵懂不知夜长人静。

只余我心事依依，投影在今宵的微风中，对着一纸竹影、一首古诗、一段故事，簌簌如诉，簌簌如问——

是故人吗，是故人吗？

辛夷纷纷开且落

木末芙蓉花，山中发红萼。

涧户寂无人，纷纷开且落。

——王维《辛夷》

【今译】

山中的木芙蓉，紫红色的花萼，开始在枝头绽放。

山涧边如此寂静，杳无人迹，只有木芙蓉花，纷纷地开，纷纷地落。

　　第一次见到辛夷两个字，应该是在姨妈家的百子柜上。

　　那时候只知道它是一味药材，与黄芪、白芷、枸杞一同躺在四格抽屉里，小小的个子并不起眼，黄褐色如初生猴毛，倒有几分茸茸的可爱。

　　后来，读过几本杂书，识草木鸟兽之名，才知道药用的辛夷原来是晒干的花蕾。它性情温辛，芳香通窍，有散风邪的功效，与苍耳、白芷一同煎服，可治疗风寒感冒引起的鼻塞头痛。

　　不过在发现它的药用价值之前，《楚辞》就已经记载过它的美丽，"桂栋兮兰橑，辛夷楣兮药房"，用辛夷装饰门楣，是一种珍贵的情愫，也是一种古老的艺术。

在五千年的历史里，植物一直扮演着重要的角色，有人认为从远古时代开始，人类就是从折下一枝花朵献给异性开始脱离了兽类，从而产生了文明。

而辛夷，这种带着古意与浪漫的花朵，在今天，我们已经习惯称呼它为——玉兰。

因为花朵美得惊艳，城市里随处可见玉兰的身影。我居住的小城，玉兰甚至成了行道树，一到春天，便是十里红装，轰轰烈烈。

想那儿时生活在农村，玉兰极为少见，农人们种桃种李种春风，但不能结果子又不能迅速成材的植物，在那样的全民为温饱而忙碌的年代，实在是无用之美，太过奢侈。

所以第一次见到玉兰，只觉得美得惊心动魄，令人挪不开脚步。那时，已经读过了席慕蓉的《一棵开花的树》，那诗歌里的美与怅惘，全都在我的眼前有了声音和画面。

玉兰好看，白玉兰更佳。曾经在我必经的路旁，一到早春，白玉兰就会如约绽放枝头，先是袖珍毛猴一般的花蕾，仿佛是在一夜之间，就长成了一树安静的雏鸽，白色的羽毛闪着沉甸甸的光，在风中微微颤抖。而风稍微大一些，就要担心它们一起哗啦啦地振翅飞走。

玉兰花期极短，它们很快就把自己开败了。到了落花时节，大片的花瓣掉在地上，像断了柄的瓷勺子，里面窝着阳光或雨水，也惹得蚂蚁们一路循香而来。又像是一只白玉似的手，看着是丰腴可人的，朝你做了个小瓢状，却又在春风里无故生了一手冻疮。那时的我喜欢把玉兰花瓣捡在手里，用指甲在瓣上一下一下地掐字，一笔一笔的小半月形，掐一句花花草草由人恋，或落花时节不逢君……花瓣上的笔画，也很快成了哑哑的暗黄色，像一颗过早凋零的锈迹斑斑的心。

如此，一年又一年，花开依旧。而在春风中兀自老去的，唯有流年与梦痕。

不知那辋川里的玉兰树，可曾依旧？

辛夷坞，正是王维辋川别墅中的一处小景。看这名字，就美得摄人，仿佛还散发着草木幽香，便直想让人顺着这辛夷坞的寂寂落花，去远远地望一眼那辋川。

沧海月明珠有泪，蓝田日暖玉生烟，辋川就在蓝田。那里青山莽莽，林木苍郁，白云悠悠，良田百顷，奇花野藤遍布山谷，瀑布溪涧随处可遇，是秦岭北麓一条风景秀美的川道。古时候，川水自尧关口流出后，要蜿蜒流入灞河，川水流过川内的欹湖，两岸山间也有几条小河同时流向欹湖，由高山俯视下去，川流涟漪回环，好像车辆形状，因此得名辋川。

名字也是好名，竟与"忘川"谐音。王维四十岁那年得辋川，自此修得一身禅意，白衣入云，身世两忘，万念皆寂，也俊逸得似一支辛夷。

到了宋代，便有辛夷如雪，纷纷地开，纷纷地落，一直落到了王安石的柘冈中。

乌塘渺渺绿平堤，堤上行人各有携。

试问春风何处好？辛夷如雪柘冈西。

——王安石《乌塘》

柘冈的辛夷，也是白玉兰。

而这首《乌塘》，最美莫过"辛夷如雪柘冈西"，我读了，竟像当年读到西川的那句"三十里外更白亮的月亮涨满了头颅"一样，喜欢得欲罢不能，也忧伤得欲罢不能。

我被浓烈的乡愁袭击了。

柘冈在江西临川，是有名的才子之乡，也是王安石的生养之地。王安石自幼性情聪慧，勤勉励学，长大后考取功名，便一直在外为官，极少回故乡。他对故乡有着深厚的感情，连名号也称临川先生，文集则称《临川集》。临川，柘冈，这两个词一度被他写在诗作中。然而文字依然承载不了他山川一般的乡愁，"投老光阴非复昔，当时风月故依然"，晚年时，他退居金陵，深居简出，直到郁郁离世，还是没能吹到柘冈的春风。

如今千年已过，柘冈纷纷如雪的玉兰，可曾依旧？

灯下，我在异乡看一幅于非闇的《玉兰黄鹂》图。于老落有款识：仓庚耀羽，玉树临风。一小片天空因为木兰花枝的衬托显得格外明净，是那种特别宁和的石青。花鸟和鸣，襟怀夷旷，一朵一朵的白玉兰盛开，没有一点锋芒。

有人说，玉兰有一种与生俱来的宁静，会让人沉浸到离灵魂更近的地方。

我将视线停留在这幅图里，于是看见玉兰开出的纷纷白色里，慢慢有了乡愁的温度和蓬松的质感，渐渐羽翼丰满。一夜辗转后，寂静的天边捧出一抹鱼肚白，那么远，又那么近，如同辋川的风月。

人闲桂花落，夜静春山空

人闲桂花落，夜静春山空。

月出惊山鸟，时鸣春涧中。

——王维《鸟鸣涧》

【今译】

走在山间，看桂花飘落在地上，内心一片澄澈。静谧的夜，仿佛拥有整座春山的空寂。

月出终南，山鸟振翅，不时有几声鸟鸣，落入春天的溪涧。

江山风月，本无常主，闲者便是主人。人闲桂花落，王维，就是花香沾衣的那个闲人，也是整座春山的主人。

这首《鸟鸣涧》，是王维所写的《皇甫岳云溪杂题五首》其一。皇甫岳是王维的好友，也是一位炼丹辟谷修道之士，在江南的山中隐居。王维给他的云溪别墅写了五首七绝，一诗一景，一画一境。

关于诗中的桂花，经植物爱好者考证，应是生长在岩石间的春桂。春桂又称"小桂"，花期在春天的二月初，花瓣比秋天的寻常桂花要白，芳香也要清淡一些，隐隐约约，似有山野之气。

山野中的花香，是极静的，拂过大树，比春涧洗过的月光还要静。落在衣袂上，还带着山风的体温。枝头的鸟鸣滴滴答答地落在山涧里，溅起漫山遍野的花香。

春山多胜事，赏玩夜忘归。掬水月在手，弄花香满衣。

古人最高雅的兴致，莫过于此。王维的春山、落花、鸟鸣、月色，被他的清净禅心一过滤，便没有了红尘的繁盛，只剩下隐逸的悠闲。

那样的悠闲时刻，是属于王维的小确幸。

小确幸是什么呢？

就像心尖尝到了蜂蜜，蜂蜜上流动着点点桂花，是一种暖香味的甜。

而王维的小确幸却带着小而清凉的禅意，一不留神，就会在一场桂香月影的春山迢梦中，滑落出大唐。

在这样春雨缠绵的天气，远方的女友跟我提起金陵的阳光，以及古寺的桂花，就有一种清凉而馨香的禅意。她说，在秋天桂花开的时候，到了古寺就不想出来，响彻耳际的梵音，如神祇降临，伴着参禅的妙香，让人心生宁静。

我想，那样的季节，应该是整个寺院都浮在花香里，连肃穆的钟声都能在群山之间泛起涟漪。飞鸟在半空中扑棱棱地怕打翅膀，风将小小的花瓣吹落到水滴石穿的小臼中。普度众生的诵经声一起，花香就会与世间的灵魂交换密约……如此，只觉身边光阴陈旧得长出了青苔。一粒一粒的桂花蘸在古石上，像一阕婉转低回的词。

病起萧萧两鬓华，卧看残月上窗纱。豆蔻连梢煎熟水，莫分茶。

枕上诗书闲处好，门前风景雨来佳。终日向人多酝藉，木犀花。

——李清照《摊破浣溪沙》

木犀花，又称木樨花，即桂花。词里带给李清照慰藉的，正是杭州灵隐寺的桂花。当时的李清照，已经进入了颠沛流离的后半生，家国动荡，丈夫离世，被小人骗婚，经历牢狱之灾，终于心力交瘁，一病不起，竟到了牛蚁不分的程度。

大病如大难。熬过来了，就是福分。

所以，在病后，她才有了卧看风月的心。虽然，那月是残的，但窗纱外的桂花，却开得足够温情，熟悉的花香尚能给她带来些许的抚慰。若有雨，她还会倚着枕头，沉浸在古老的寂静中，就着一碗豆蔻汤药，或一盏清茶，慢慢地读一卷诗书。

她毕竟是老了，鬓上染了霜华，一支笔也老了，笔尖染了沧桑。她已过了误入藕花深处的年纪，便越发懂得桂花的好，不张扬、细微、温和，脾性像一味能治愈忧愁的药。

"何须浅碧深红色，自是花中第一流。"

她早年如此写桂花。只是她不知，即便流年老去，容颜萎谢，世人还会如是念她。

每年桂花初绽，正是秋老虎发威之时。中秋前一段气候翻转，早晚温差很大，白天好像又回到了燠热的夏季，夜间又很凉，温差一拉开，桂花也就一树接一树地盛开了。

在江南一带，会将那特殊的天气称为"木樨蒸"，可谓形象又古雅。

张爱玲在《桂花蒸·阿小悲秋》里写："秋是一个歌，但是'桂花蒸'的夜，像在厨里吹的箫调，白天像小孩子唱的歌，又热又熟又清又湿。"

桂花有令人永生难忘的香。但如此一来，再闻那桂花香味，就俨然是熟香了，闻在鼻子里，就能勾起人的食欲，便只想与它有口舌肚肠之亲。桂花茶、桂花酒、桂花酱、桂花鱼、桂花藕……《红楼梦》里就提到过一种"木樨清露"，是上贡的佳品，用一个三寸大小的玻璃小瓶盛着，珍贵得很。连宠爱儿子的王夫人也不大舍得给宝玉吃，怕他糟蹋了好东西。

人们对待食物的创意，总是绵绵不绝，又深情款款。

齐白石的画亦有深情。看他画的桂花，就带着很沉淀的烟火味道。京剧的唱腔一起，仿佛就可飞入寻常百姓家的菱花镜。

清早起来菱花镜了照

梳一个油头桂花香

脸上擦的桃花粉

口点的胭脂杏花红

……

红花姐，绿花郎

干枝梅的帐子，象牙花的床

鸳鸯花的枕头床上放

木樨花的褥子铺满床

——京剧《卖水》

可齐白石的画笔里，分明又尽是傲骨与飞扬，在纸上，赋万物以生命。他画桂花双兔，两只兔子毛色油亮，眼神活络如现，在一枝桂花下追逐嬉戏着，远处似有风声虫鸣，那桂花，则开出了一阵一阵的香气。

白石老人一生勤勉，他老年倾心于徐渭、八大山人、石涛的写意画，认为他们的横涂纵抹，皆臻妙境，甚至还说："恨不生前三百年，或为诸君磨墨理纸，诸君不纳，余于门之外，饿而不去，亦快事也。"

去给三百年前的古人磨墨，是白石老人的快事，看他的桂花双兔，是我这个夜晚的快事。

夜静下来了，窗外没有月光，没有花香，没有春山可坐。而我心里却有一口老井，盛着桂花的芳馥。一枚甜糯的花瓣，就是一个幽静的梦境，一点细微的水纹，就是一个远去的年代。

海棠解语，美人生香

春教风景驻仙霞，水面鱼身总带花。

人世不思灵卉异，竟将红缬染轻纱。

——薛涛《海棠溪》

【今译】

春天的海棠溪，就像天上的云霞落在水里，鱼儿也成了戴花的精灵。

只叹世人不懂欣赏海棠的美丽，那用颜料染成的轻纱，到底毫无灵气。

　　还记得金庸写段誉第一次见到木婉清，说木姑娘的美是新月初晕，花树堆雪。

　　那花树，让我想到海棠。

　　春风中的海棠格外美。含苞的时候，是一点一点的酡红，像一根根的火柴，颤颤地，在风中擦着了，细细的梗子举起那一小团药料，扑哧一声，发出温暖动人的光焰来。花后的海棠叶了，全是小片小片的，绿得有些暗，暗得有些深沉，正好映衬满树花苞。花苞打开的时候，海棠的颜色就淡了，淡成了粉红色。那个过程，仿佛是美人用簪子挑起一点胭脂放在手心，用清露化开了，才成了这般淡淡绮梦一般的色彩，古典极了。

站在海棠花树下感受到的那种美，只想尽快地找一个人分享，要不然，在下一刻就憋坏了——呀，海棠开了，亲爱的，快来和我一起看海棠好不好？就像诗人写的那样，我们在花下站着，不说话，就十分美好。

碧鸡海棠天下绝，枝枝似染猩猩血。

蜀姬艳妆肯让人？花前顿觉无颜色。

——陆游《海棠歌》

如果真的要去赴一场海棠的盛筵，是不是选择成都比较好？

陆游在他的《海棠歌》中告诉我们，成都城西碧鸡坊的海棠，天下第一好看。

成都是海棠之乡。

在唐宋时期，成都海棠就已成片种植，江水穿城而过，海棠夹岸而生，一直蔓延到城外。春来花开之时，花光透迤，一片云蒸霞蔚，占尽风流春色，极为壮观。故海棠又得名"蜀客""川红"，惹得文人墨客赋咏无数，《益州方物略》中就有写：蜀之海棠，诚为天下绝。

陆游非常喜爱海棠，他曾客居成都数年之久，留下了许多与海棠有关的文字，人称"海棠癫"。

譬如他在《张园海棠》里写："西来始见海棠盛，成都第一推燕宫。池台扫除凡木尽，天地眩转花光红。庆云堕空不飞去，时有绛雪萦微风。蜂蝶成团出无路，我亦狂走迷西东……"

春天的锦城，陌上南风薰薰地吹着，绛粉色的花瓣薰薰地飞着，成群的蜂蝶薰薰地舞着……他饮罢了酒，打马薰薰地走着，一不小心，就走到江月倾斜，繁花深处恰如幽迷之境，哪里是西，哪里是东，哪里是人间，哪里是年岁？

他看那海棠红，是猩猩红，看那枝叶绿，是鹦鹉绿，看在眼里，横竖里外都是喜欢。海棠是他的心头好，也是他的风月佳人。所以他才说：蜀姬艳妆肯让人？花前顿觉无颜色。

那么，浣花溪畔的女校书薛涛呢？

人世不思灵卉异，竟将红缬染轻纱。那些海棠，亦曾与她花面交映，风流蕴藉。古蜀的青山道陌，锦江的流水白云，也都曾见证过她的美，美人如花，花似梦。

《幽梦影》里说，"所谓美人者，以花为貌，以鸟为声，以月为神，以柳为态，以玉为骨，以冰雪为肤，以秋水为姿，以诗词为心"，舍薛涛其谁？

薛涛，祖籍长安，幼年随父流寓成都，八九岁即会作诗。

一日，薛父在庭院的梧桐树下吟诗："庭除一古桐，耸干入云中。"

薛涛脱口而出："枝迎南北鸟，叶送往来风。"

薛父去世时，薛涛仅十四岁。为了生计，她在十六岁那年沦为乐籍，又因姿容美艳，性情敏慧，且通音律，善辩慧，工诗赋，多才多艺，不久便成为长安名伎。

唐德宗贞元时，韦皋任剑南西川节度使，召令才艺出众的薛涛赋诗侑酒，以歌伎兼清客身份出入幕府。韦皋对薛涛极为赏识，曾拟奏朝廷，授予薛涛"校书"官衔。虽最终并未获得批准，但韦皋给予薛涛的一直是校书待遇，人们也称她为"女校书"。

"万里桥边女校书，枇杷花里闭门居。扫眉才子知多少，管领春风总不如。"

三十岁时，薛涛终于脱离乐籍，从此搬到浣花溪畔，与满园的枇杷、菖蒲、芙蓉、海棠一起静度时光。

四十二岁时，她遇见奉命出使蜀地的元稹。

那一年，浣花溪畔的海棠全开了，开得灿若烟霞，春风一吹就落英缤纷，引来一群群游鱼驮着花瓣嬉趣。

因为爱情，那个春天，成了她生命中最美好的季节。她与他携手同游，诗文唱和，每一寸时光都沾染着甜蜜——以至于暮年时，她孤身一人，深居简出，用一张张红笺抒写平平仄仄的人生，回忆里还带着那年春阳的温度和香息。

那一年元稹初登官场，意气风发，人称笔下诗句"每一章一句出，无胫而走，疾于珠玉"。他是翩翩才子，也是风月老手，他爱她慕她，将她比作卓文君，对她呵护备至，用一篇又一篇的诗文去叩响她久闭的心门：

身骑骢马峨眉下，面带霜威卓氏前。

虚度东川好时节，酒楼元被蜀儿眠。

那场猝不及防的追求，就像一张密不透风的网，让她方寸大乱，也让她束手无措。到底是孤独了太久，她开始回应他，用尽半生积累的炽热去爱他。中年之爱，竟比春光更为秾丽，在他的柔情蜜意里，她也成了婉约的小女人，只愿与君相守，永结同心：

双栖绿池上，朝暮共飞还。
更忆将雏日，同心莲叶间。

然而好景不长，春天刚过完，元稹就被调离。她去送他时，浣花溪边的海棠谢了一地，像她的心。

"临行诀别，不敢挈行，泣之沾襟"，谁知万千言语到了嘴边，却成了"微之，一路珍重"。

你来过一阵子，我想念一辈子。自此之后，她便成了活在相思里的人。一年又一年，他的人生起起落落，身边的妻妾换了又换，唯独对她，再也不提当日娶她的承诺。

十五年后，历经一贬江陵，二贬通州，后因深得唐穆宗赏识，终于位及宰相。但又遭人陷害被贬为同州刺史。元稹路过蜀地，念及昔年旧情，在江上给她写诗：

锦江滑腻蛾眉秀，幻出文君与薛涛。
言语巧偷鹦鹉舌，文章分得凤皇毛。
纷纷词客皆停笔，个个君侯欲梦刀。
别后相思隔烟水，菖蒲花发五云高。

见字如面，她泪如雨下，却苦笑一声，好在自己从未奢望。好风凭借力，送君上青云，而她虽有薄名，却终究出身乐籍，没有一品夫人的福分，更不想成为他的绊脚石。

不如沉默。

他也自此心安理得地沉默。

一年又一年，她看着镜中的自己，白发慢慢爬上双鬓，眼角也渐生波纹。山长水阔，望断高楼，她曾经的爱情终于无疾而终。

于是，她换上女冠服，静心如莲，幽居枇杷巷，只做爱情的未亡人。她用一枚莲心包裹着相思，日日夜夜，在红笺上写诗：

花开不同赏，花落不同悲。
欲问相思处，花开花落时。

揽草结同心，将以遗知音。
春愁正断绝，春鸟复哀吟。

风花日将老，佳期犹渺渺。
不结同心人，空结同心草。

那堪花满枝，翻作两相思。
玉箸垂朝镜，春风知不知。

浣花溪畔，岁岁年年，春风不知相思苦，花开花落又一春。

为了写诗，她独创了一种红笺，取胭脂木，加玉女津井水泡软捣浆，滴入海棠花汁，掺上云母粉，精心制作成绯红泛香的信笺。

"浣花红笺"，单是名字，就已婉丽之极，而且小笺生成后，还有天然的松花纹理，云母的点点荧光，暗自浮动的花香，情意涓涓的墨痕，收到这样的信，怕是再坚硬的心，也将化作绕指柔。

但她每次将诗写好后，都会把红笺放入浣花溪，让流水载走一腔惆怅与深情。

红笺小字，说不尽平生意。只因相思似海深，旧事隔天远。暮年时，薛涛还经常想起与他初见的时刻，彼时的她，从未见过那样明亮的面孔，如一束光，点亮她的生命。

那样的时刻，或许一辈子有过一次，就不算白活。

大和五年（公元 831 年），元稹在武昌得病辞世。

获悉消息，她一夕苍老，身心皆黯淡，从此闭门谢客，不再写诗，第二年便郁郁而去。

蜀地才子苏轼因"乌台诗案"被贬黄州时，海棠就曾是他的"解语花"，他的"胭脂雪"。

东风袅袅泛崇光，香雾空蒙月转廊。

只恐夜深花睡去，故烧高烛照红妆。

——苏轼《海棠》

他在天下三大行书之一的《黄州寒食帖》中写道："自我来黄州，已过三寒食，年年欲惜春，春去不容惜。今年又苦雨，两月秋萧瑟，卧闻海棠花，泥污燕支雪。暗中偷负去，夜半真有力。何殊病少年，病起头已白……"黄州的生活，苏轼过得充实也过得清贫，世人常道他是一蓑烟雨任平生，当他坐到海棠树下，内心的苦楚，还是会一点点地泛上来，好在海棠可解语，也可慰藉他委屈的心肠。

而那株海棠树，正是来自他的故乡。

这首诗中还暗藏了一个典故。为何苏轼要担心夜深花睡去呢？

相传在天宝年间，一次唐玄宗登沉香亭，召杨贵妃相陪，而贵妃尚未睡醒，只见她醉颜残妆，鬓乱钗横，模样恹恹，却别有一番娇憨的风韵，玄宗不禁调笑道："岂妃子醉，直海棠睡未足耳！"

这便是"海棠春睡"的由来。

历史的马蹄惊慌

乍染海棠与风霜

一盏酒，饮下山河呼啸

懒画眉，云鬓低垂

醉吧，醉吧，醉成一种千古美丽的罪

半页大唐晕晕欲睡

多少个盛世难以长安

呀，什么荣华，什么富贵

什么君王，什么爱妃

霓裳还给明月

胭脂堕入流水

唤一声三郎，还有甚么

能让奴家为念

依然是《幽梦影》："美人之胜于花者，解语也；花之胜于美人者，生香也。二者不可得兼，舍生香而取解语者也。"

像薛涛这样的解语花，新月初晕，花树堆雪，本也应以赏月之情、爱花之心来领略和护惜的。

奈何，奈何。

如此，从爱情的角度来看，那位叫杨玉环的唐代女子，是不是比薛涛幸运得多？

虽然最后沦为政治的牺牲品，但毕竟，被一个人捧在心尖上爱过。

闲看中庭栀子花

雨里鸡鸣一两家，竹溪村路板桥斜。

妇姑相唤浴蚕去，闲看中庭栀子花。

——王建《雨过山村》

【今译】

初夏的雨落在山村，院子里传来清亮的鸡鸣。溪水潺潺，竹林的影子在水中摇晃，石板桥斜斜地架在水面。

婆婆和媳妇相唤而行，相约一起去挑选蚕种。栀子花带着雨露，绽放在寂静的庭院中。

雨过山村。中国汉字真是博大精深，单是这四个字，就可以独立成诗。

这首诗读来也是清气四溢，栀子花的香息沉浮在字句间，像小溪一样清澈地流动，让人心生欢喜。

《本草纲目》中记载："卮，酒器也，栀子象之，故名，俗作栀。……栀子，叶如兔耳，浓而深绿，春荣秋瘁。入夏开花，大如酒杯，白瓣黄实，薄皮细子有须，霜后收之。蜀中有红栀子，花烂红色，其实染物则赭红色。"

对于山村长大的人来说，栀子，还是一种与童年亲近的植物伙伴。那时不知栀子的果实像古老的酒器，只晓得从树上摘下的栀果可以当黄色的彩笔，在田字格上涂涂画画，一下就长大了。

而在遥远的唐代，栀子花开在农忙季节，闲庭之中，又是山村最朴素的风雅。

在那样雨水充沛的初夏，一场雨让山村里的鸡鸣越发清亮。绿竹猗猗，清溪潺潺，斜斜的石板桥上，一位小媳妇正在呼唤她的婆婆——宋代女子婚后称丈夫的母亲为姑，一起去选择蚕种，趁着桑树青青，桑叶葳蕤。

初夏的栀子开在中庭，丰腴如膏脂，花瓣上还带着雨露，也显得越发娇美动人。栀子生性喜雨，雨后的栀子花香，就那样在湿哒哒的空气里，蜿蜒成一条芳香的大河，漫过庭院，漫向村庄，漫出诗篇，漫成千年的月色。

韩愈也写栀子：升堂坐阶新雨足，芭蕉叶大栀子肥。

栀子花，白花瓣，宜肥。

记得江南初夏的清晨，幽长的巷弄里，经常可见卖栀子花的老人。古旧的小篾筐，已经被磨出了包浆，筐子里垫了张老蓝色的印花布，皎洁的栀子花一朵一朵簇拥在布上，蘸着夜间新鲜的雨水，生出一种沁人心脾的香气，安静而祥瑞，让人无比迷恋。

那样的栀子，实际上一块钱即可买得数枝，含苞的，开放的，肥肥的白，带着干净的稚气。

"芙蓉衫子藕花纱。戴一枝，薝卜花。"薝卜，即栀子，又称薝蔔。栀子之种来自天竺，在佛经里，此花素白自持，有芬芳可清虚静气，乃参禅妙香。

栀子簪在头上，确实有说不出的静雅好看。走在路上，纵然对着一汪浅浅的积水照影，万种风情，也尽在一低头的温柔中。

若买一把养在水瓶里，立刻满室流芳，似置身清凉静好的画堂，五月风也从窗外奔涌而来，狠狠地吸一口香气，思绪就那般被芬芳的旧事缠绕着浸泡着，心口堆满沉甸甸的幸福。

古人养花亦讲究，不似我用简单的玻璃瓶，灌寡淡的自来水。

南宋时期，韩淲写《轩窗薝卜，瓶浸佳甚》，其中就有"铜壶更浸新薝卜，香扑书帘笔格间"的句子。可以想象步骤，先将那栀子折枝，接着用小槌捶碎其花茎的根部，然后搽上食盐，再入花，最后入水。琥珀色的铜壶，壶底刻有鲜活的游鱼，在花枝间嬉闹，壶中盛的是三分青色的天光，七分初夏的檐雨，吧嗒，吧嗒，吧嗒……花香如水月四溅，珠帘琳琅，满屋子都是滴漏之声、雨点之声。在那样的屋子里读书，可以读出时光深处的香气来。

时光深处，青春是开满栀子花的山坡，白衣飘飘的少年，在回眸中渐行渐远。

便也终于知道，为何有那么多的人喜欢刘若英的那首《后来》："栀子花，白花瓣，落在我蓝色百褶裙上。爱你，你轻声说，我低下头闻见一阵芬芳。"

如果说，童年的栀子花，是两小无猜的稚气，那么青春的栀子花，就是欲说还休的芬芳。

就像在古代，栀子还可以用来表明心迹。

桃根桃叶，一树芳相接。春到江南三二月。迷损东家蝴蝶。
殷勤踏取青阳。风前花正低昂。与我同心栀子，报君百结
丁香。

———赵彦端《清平乐》

这首《清平乐》，低吟浅唱，带着江南暮春的阴柔绮丽，
风花如诉。

投之以栀子，报之以丁香，愿我百年同心，懂你百结柔肠。
题副则是"赠席上人"。

筵席上的情意，通常都不需要太多铺陈，所有的铺陈都在
这曲子里，都在这花香里。轻歌曼舞，曲水流觞，折一朵栀子吧，
当这六瓣同心的花朵簪上你的衣襟，你自然懂得我的心。

而在古诗词里最初用栀子表达心意的，当属南朝梁女诗人
刘令娴：

两叶虽为赠，交情永未因。
同心何处恨，栀子最关人。

她的这首诗，所赠之人是一名叫谢娘的女子。表达的也只
是姐妹情谊。栀子绽放，两心无猜的光阴，隔着晴帘静院，依
然绵绵生动。

刘令娴是南朝梁文学家刘孝绰之妹，徐悱之妻，江苏徐州

女子，诗作风格深得魏晋林下风气，世称刘三娘。

譬如她的丈夫宦游在外，她直接写诗表达自己的不开心："落日更新妆，开帘对春树。鸣鹂叶中舞，戏蝶花间鹜。调琴本要欢，心愁不成趣。"

又譬如她的《光宅寺》："长廊欣目送，广殿悦逢迎。何当曲房里，幽隐无人声。"

更是无比香艳。或许也只有她，去深山古寺烧香的时候，敢在长廊广殿上与年轻英俊的小僧眉目传情。幽隐曲房，多暧昧啊。她头上戴的却偏偏是一朵素素的栀子花。

她的心事，佛祖知道吗？

却让人忍不住沉溺其中，试图推算出光阴深处的那些诗词与爱情，曾有过怎样的旖旎与荡漾。

然而读了一遍又一遍，才发现，一切不过是美丽的徒劳。

同心何处恨，栀子最关人。

世间繁华会落尽，爱恨终成空，只愿还有一份懂得与关怀，如栀子花开，穿越风雨，抵达你的心口。

云想衣裳花想容

云想衣裳花想容，春风拂槛露华浓。

若非群玉山头见，会向瑶台月下逢。

——李白《清平调·其一》

一枝红艳露凝香，云雨巫山枉断肠。

借问汉宫谁得似，可怜飞燕倚新妆。

——李白《清平调·其二》

名花倾国两相欢，长得君王带笑看。

解释春风无限恨，沈香亭北倚阑干。

——李白《清平调·其三》

【今译】

《清平调·其一》：

她以霓裳为衣，天上的白云都心生羡慕。她有百花渴慕的容颜，春风拂过栏杆，她比带露的牡丹更为娇艳。

她若不是西王母那边的仙子，去瑶池的月光下定能与她相见。

《清平调·其二》：
她就像一朵牡丹，沐浴着雨露，散发着幽香。楚王若遇见她，便不必为巫山神女忧伤。
试问汉宫佳丽谁能与她媲美？或许，只有那华服加身，楚楚动人的赵飞燕。

《清平调·其三》：
牡丹一如美人，美人更胜牡丹。赏牡丹或赏美人，都能让君王欢喜。
就这般倚靠在沉香亭北吧，让春风消解君王所有的遗憾。

就着牡丹花香，翻开历史的册页，来到大唐天宝二年（公元743年），正是绮丽之春，酿花天气。长安皇城，兴庆池畔，沉香亭边，槛边牡丹如火如荼，清艳得空前绝后。

那一日，唐玄宗设宴亭内，赏花，也赏美人。贵妃未到，香气先到。只听一阵环佩叮当，贵妃施施然落座，花容月貌令人屏气凝神。

很快，唐代最好的乐师李龟年带着梨园子弟前来觐见，他们手执乐器，待命两旁。不料玄宗却说："且慢，今日对妃子，赏名花，焉用旧乐词？"

新词何在？

只见李龟年快马加鞭，直奔翰林院，去召唤那"天子呼来不上船"的人。

风吹牡丹，也吹史册。

时间的马蹄得得，再回溯到一年前，也就是天宝元年，四十二岁的李白带着半生的风尘与满襟的抱负，来到长安。"仰天大笑出门去，我辈岂是蓬蒿人"，相传李白进宫那天，玄宗慕他才华，竟降辇步迎，又以七宝床赐食于前，亲手调羹。

玄宗问李白："我朝与天后之朝何如？"

李白答曰："天后朝政任人，一如小儿去集市买瓜，不择香味，只选徒有其表者。我朝任人，如淘沙取金，剖石采玉，皆得其精粹。"

玄宗笑起来，心里是满意的。

李白也笑起来，因为他相信，自己就是当朝天子淘沙取到的金，剖石采到的玉。

与君笑谈天下事，那是李白人生中最荣耀的时刻。

很快，李白入职翰林院，时常陪侍皇帝左右。凡有宴会郊游，玄宗必令李白侍从，或赋诗，或填词，希望用唐朝最壮丽的妙笔在史册上留下灿烂的一页。

在明清小说里，那一日，李龟年飞骑去翰林院宣召李白，却得知李白去了长安城吃酒。李龟年心下大惊，只能取了李白的冠袍玉带，一路沿街找寻，直至听到有人在一酒楼大笑高歌。那人正是李白，却已酩酊大醉。

李龟年上前高声说道："奉圣旨立宣李学士至沉香亭见驾。"

李白全然不理，只顾饮酒，转瞬便昏昏欲睡。李龟年圣命在身，哪敢怠慢，只好请人将李白扶上马背，驮进宫去。

五凤楼前，内侍传旨，圣上赐李学士走马入宫。李龟年又给李白穿上冠带袍服，匆匆忙忙到了沉香亭，踉踉跄跄将李白扶下马。玄宗见状，也不责怪，只是命人拿了紫氍毹毯，铺置于沉香亭畔，让李白稍作休憩。

后来，贵妃又令人取来池中之水，为李白醒酒。李白终于醒来，微微睁开眼睛，冷不丁见是御驾，立刻奏道："臣该万死。"

玄宗赐座给李白，又差人去制醒酒汤："今日召卿来此，别无他意，只为这牡丹花开，朕同妃子赏玩，不欲复奏旧乐，伶工停作，只待卿来作新词耳。"

李白却还要饮酒："酒渴思吞海，诗狂欲上天。臣妄自称为酒中仙，惟吃酒醉后，诗兴愈高愈豪。"

借着酒力，李白唤来宦官高力士为他脱去皂靴，又请杨贵妃为他磨墨。酒尽，诗出，挥笔即成新诗三章，《清平调》三首是也。

《清平调》其一咏的是妃子，其二咏的是牡丹，其三则是合而咏之。以虚处着笔，刻其风韵，绘其花颜，待落到实处时，又刚好回应其一。

云想衣裳花想容，杨贵妃有羞花之美，还有花一般的体香。

相传她天生怕热，到了夏天，便含一玉鱼儿在口中，用以凉津沃肺。清晨独游后苑，又喜欢啜饮花露，时常满身香气。

初承恩召时，天寒地冻，她与父母相别，泣涕登车，眼泪便结成了红冰。到了夏月，每有汗出，红腻而多香，若用巾帕擦拭汗珠，细细密密，竟色若牡丹……

果然是一枝红艳露凝香。

也果然是天才俊逸，笔下春葩丽藻，字字生香。

待侍儿呈上《清平调》，唐玄宗与杨贵妃皆欢喜赞叹，随即命李龟年与梨园子弟谱出新声，奏笛，击鼓，弹琵琶，吹栗，合唱，入耳即醉，如闻仙乐。

良辰美景，太平盛世，莫过如斯。

但随着时间的推移，李白渐渐对御用文人的生活感到了厌倦。虽被玄宗赏识，可身无实权，与心中济世救民、辅佐君王的抱负相差甚远。

大鹏一日同风起，扶摇直上九万里，他要做的是与青云比肩的大鹏，而不是栖身白玉笼中专门为帝王歌唱的金丝雀。

于是心灰意冷之下，干脆整天饮酒度日，并与贺知章等人结成"酒中人仙"之游，连玄宗召之都不入朝。

实际上，在翰林院的那段时光，已经是李白人生中最灿烂的一页。

如此多年后，他骑驴过华阴，被当地县令刁难，当对方问起他的姓名时，他云淡风轻地回答："无姓名。曾用龙巾拭吐，御手调羹，力士脱靴，贵妃捧砚。天子殿前尚容走马，华阴县里不得骑驴？"

他也的确深受圣眷。有一年十月大寒，他在便殿为玄宗撰写诏诰，毛笔突然冻住不能书字，玄宗便叫了十位宫嫔为李白呵笔。

然而，木秀于林，风必摧之。因高力士记恨给李白脱靴一事，便屡次拉帮结派向玄宗进谗，诽之谤之，久而久之，玄宗终是对李白冷落疏远。

入朝三年后，李白被赐金放还，遂遁入五湖四海之中。

大风拂过史册，十几年后，安史之乱爆发。没有人看见，十几年前，李白入朝的时候，大唐的气脉已经到了一根抛物线的顶端，接下来便是坠落，坠落，直到另一根王朝的抛物线来衔接。

一如花开花落。

《清平调》出世后，牡丹便成了唐时花。

"袅晴丝吹来闲庭院，摇漾春如线。停半晌，整花钿。没揣菱花，偷人半面，迤逗的彩云偏。步香闺怎便把全身现……"牡丹在戏里姹紫嫣红地开，听一曲李玉刚的《牡丹亭》，他那烟云一样的眼神，蛇信子一样的嗓子，带着无尽的柔靡和香气，一个字挂在舌尖，半天落不下来，春拉成了线，声音也拉成了线，听戏的人一颗心悬着，只能由他晃来晃去。

在唐代，牡丹又被称作木芍药。

如果单是看花，牡丹真是和芍药太像了。当然，世间花卉千百种，如同情感千百种，没有谁可以取代谁。你写不了我的诗，我也做不了你的梦。牡丹与芍药同属一科，却依旧各有各的不同。牡丹的花瓣更接近绢状的本质，花冠离叶片近，贴枝而开。芍药花瓣上有油光质的表层，花枝如草茎，高而招展，软而滑嫩。牡丹花枝则是遒劲的、苍老的，像被火烧过一样，而芍药，显然是枝枝蔓蔓的女儿态。

关于牡丹的花枝，还有一个传说。

天授二年（公元691年）腊月初一，长安大雪纷飞，武则天饮酒作诗，乘兴醉笔写下诏书："明朝游上苑，火速报春知，花须连夜发，莫待晓风吹。"百花慑于此命，连夜开放，独牡丹不违时令，闭蕊不开。武则天盛怒之下，将牡丹贬出长安，并施以火刑。牡丹遭此劫难，体如焦炭，却根枝不散，在严寒凛冽中挺立依然，来年春风劲吹之时，花开更艳，后得"焦骨"之称。

人们爱的就是那一把清傲的焦骨。

焦骨之上，花开得更加的艳异。"姚黄""魏紫""二乔""赵粉""丹炉红""绿玉""水晶蓝""藤花紫""夜光白"……眼花缭乱的美，却是敞亮又豪放。

牡丹的热情，也不隐藏，不闪躲，带着生灭由之的气魄，绽放了，还绽放，总绽放不够似的。好像一个热恋中的人，坦荡的爱里，带着无比的天真。你要什么，我都给你，这怒放给你，这花香给你，这山山水水，人间岁月，我给得起的，给不起的，都给你。那贵重的情意，像天上掉下来的金，凝成赤子之心。

看过成片牡丹的人，都会被那种汹涌澎湃的美折服吧。一盆或是一枝，都似流落民间的贵族，带着天生的富足。

我想起母亲的嫁妆，红色的被套上，牡丹大朵大朵地开，一个花苞也没有，是一种喜庆的洋洋之美。睡在上面，珠光吐哺，画堂春好，好似人世的波折、磨难，都可以被那盈盈喜气冲淡，心也凭空丰腴起来，像一朵盛开的唐时花，开时灿然，谢时，也风骨犹存。

安能摧眉折腰事权贵，使我不得开心颜！

——李白曾如此在诗中自剖。

于是世间便有传言，李白不能屈身，因为他的腰间有一块天生的傲骨。

其实世间还有一个传言，说李白年少时，曾梦见所用之笔头上生出了花来。

那是一个吉梦，后来，他果然天才瞻逸，名闻天下。

只是不知道，他笔头上生的花，是牡丹吗？

宣城又见杜鹃花

蜀国曾闻子规鸟，宣城又见杜鹃花。

一叫一回肠一断，三春三月忆三巴。

——李白《宣城见杜鹃花》

【今译】

在遥远的蜀地，曾听过杜鹃鸟的鸣叫。如今在安徽宣城，他又看到了盛开的杜鹃花。

杜鹃鸟的叫声总是让人愁肠寸断，暮春三月，他深深地思念着故乡三巴。

　　这一首诗，是李白的暮年之作。思乡情切，犹如杜鹃啼音，字字句句，皆是落叶归根之念。

　　天宝十四年（公元755年），"安史之乱"爆发，李白避居庐山。不久后，应永王李璘之邀，李白下山投其幕府。彼时，济世还是遁世，他亦有过犹豫，但最终，他还是参加了那场李家王朝的政权之争，并写下多首《永王东巡歌》，在诗中自比东晋谢安：

三川北虏乱如麻，四海南奔似永嘉。

但用东山谢安石，为君谈笑静胡沙。

彼时距李白入朝为官已有整整十二载，他以为好不容易等来了机会。他希望力挽狂澜，帮助永王夺得江山。他甚至以为，政治与他腹中才华一样可以调配自如。他还为自己设想了将来——功成之后，便效仿范蠡，急流勇退，泛舟逍遥于五湖之间，诗酒度年华。

然而现实永远比想象残酷。

就在他正准备整顿翅羽，一展云霄冲天之志时，他顶头的那片天，却瞬间换了主人。

在永王与肃宗的那场帝位之争中，永王最终失败，导致被杀。成王败寇，是千古不灭的定律。李白身为永王军中幕客，自然被牵连，于是遭受浔阳牢狱之灾。

值得庆幸的是，驻军浔阳的御史中丞宋若思甚爱李白才情，便将李白从狱中救出，又召李白入幕。李白在宋若思幕下极受重视，还曾以宋若思之名向朝廷自荐，希望再度受用。可自荐不仅没有得到任用，反而再度牵连于永王旧案，被朝廷长期流放夜郎。

世事多么难以预料，昔日豪情天纵如他，亦忍不住黯然悲叹：夜郎万里道，西上令人老。

乾元二年（公元759年），在李白行至巫山之时，朝廷因关中遭遇大旱，宣布大赦，规定死者从流，流者以下皆可赦免。

如此，李白再次重获自由，世间也多了一首好诗：朝辞白帝彩云间，千里江陵一日还。两岸猿声啼不住，轻舟已过万重山。

不过，流放之前，他的足迹踏遍大江南北，无官一身轻，饮酒享乐，赋诗抒怀，都是春风得意。流放之后，他虽依然行迹于东南一带，却时常要寄于人篱之下，终究是断梗飘萍。

人说永王反叛，不过是玄宗、肃宗父子两代皇帝争权的牺牲品，而李白的遭遇，更是乱潮掩英豪。

或许也是因为他太想成就一番事业了。曾经，他因为是商人的儿子而失去科举的机会，也因为笔下的诗篇被天子视为座上嘉宾，但那些荣辱，都不过是肩膀上的风尘罢了，他只想有人看到他真正的抱负，那就是像谢安一样，留名青史，成王佐之才。

李白做不了谢安，但宣城有谢朓。

谢朓是南朝齐人，与谢灵运并称"二谢"，也是谢安后人，曾任宣城太守，深受百姓爱戴，是个十足的风流人物。

暮年时，李白又一次来到宣城。

宣城三月，杜鹃花如约怒放。猩红的色彩，在春阳里发出光芒，刺痛诗人的双目。浪荡了一生的李白，在春风中饮尽杯中酒，便任凭那颗饱经沧桑的心，被记忆中的一声子规划开豁口，乡愁涌动，在身体里汩汩作响。

子规，即杜鹃鸟，又称杜宇，子鹃，俗称布谷。李时珍有言："杜鹃出蜀中，今南方亦有之，状如雀鹖，而色惨黑，赤口有小冠。春暮即啼，夜啼达旦，鸣必向北，至夏尤甚，昼夜不止，其声哀切……"

"杜鹃花与鸟，怨艳两何赊。疑是口中血，滴成枝上花。"蜀地还有一个"望帝啼鹃"的传说，望帝本是周朝末年蜀地的君主，名叫杜宇。后来禅位退隐，不幸国亡身死，死后魂化为鸟，暮春之际，日夜啼哭，其声哀怨而短促，清脆而深情，好似在说着"不如归去，不如归去"，令人闻之断肠。口中鲜血落入山中，遂化为杜鹃。

巴蜀，正是李白的故乡。所以，子规与杜鹃花，不仅与他的悲情相关，还与他的乡愁相关。

两人对酌山花开，一杯一杯复一杯。

我醉欲眠卿且去，明朝有意抱琴来。

——李白《山中与幽人对酌》

一杯一杯复一杯，这诗中的山花，可是宣城的杜鹃？

只知道我醉欲眠卿且去，相传是陶渊明的句子，陶渊明不懂音乐，却在家中收藏了一把无弦之琴，每次喝酒的时候，就轻抚古琴，来访者无论贵贱，都与其共饮。若是陶渊明先醉，他就会对客人说："我醉欲眠，卿可去也。"

果然人人都爱陶渊明，或者说，人人都想向陶渊明借一点淡泊之心。

在宣城，李白也的确一度起了隐居之意。

史料记载，宣城衣冠俊杰，满旧国之风谣；物产珍奇，倾神州之韫椟；东南之巨丽也。其中，红线毯、紫毫笔等贡品更是名扬天下。

李白第一次到宣城，看到的就是鱼盐摆满市井，布帛多如烟云，街上胡人吹笛而过，繁华富庶丝毫不输长安。

今古一相接，长歌怀旧游。相去数百年，风期宛如昨。翻开李白的诗词，就知道他心中的宣城，是可以与谢朓发生情感联结的宣城；是可以与友人"三杯吐然诺，五岳倒为轻"的宣城；是好山好水，相看两不厌，每次遭受打击的时候，用温暖怀抱迎接他的宣城。

在谢朓昔日建造的楼台上，李白举杯向心中的偶像致意："蓬莱文章建安骨，中间小谢又清发。俱怀逸兴壮思飞，可上九天揽明月。"

在宣城北郭外，他去拜谒谢朓修建的亭子："谢公离别处，风景每生愁。客散青天月，山空碧水流。池花春映日，窗竹夜鸣秋。今古一相接，长歌怀旧游。"

李白认为谢朓的风流可以在宣城传承五百年，却不知自己的风流已融入了宣城的每一寸草木河山，一如《敬亭山记》中写："玄晖（谢朓）发其藻，太白扬其辉，云蒸霞蔚之色，珠萤玉贯之文，渐振振矣。"

时游敬亭山，闲听松风眠。除了敬亭山，李白其实谙熟宣城的每一处风景。

在宛溪与敬亭山之间，他曾在崔八丈亭歇脚："高阁横秀气，清幽并在君。檐飞宛溪水，窗落敬亭云。"

他曾寓居城西五里的西候亭，该亭乃宣城刺史赵悦营建："耽耽高亭，赵公所营。如鳌背突，兀于太清。"

他还曾欣然赴过汪伦之约，"桃花潭水深千尺，不及汪伦送我情"，千家酒店，十里桃花，那踏歌声声，最后都成了千古佳话。

人人都说宣城好，宣城亦合游子老。李白是来自蜀地的游子，最终却是身老宣城。只因他的理想之路，始终犹如蜀道之难，难于上青天。

罢了。

不如一杯一杯复一杯。

如今，蜀地的春天，依然是杜鹃的海洋。在峨眉山，杜鹃花又被称为娑椤花，据佛经《阿含经》说，释迦牟尼早期成佛的毗舍婆，就是在这种娑椤花下悟道而成的。

因为各种因缘，蜀人极爱杜鹃，仅峨眉的杜鹃品种就达到了三十多种。

每年春末夏初，花开满山，重山叠岭间，云雾花光相映，气势恢宏而禅意，非常震撼。站在山巅，看着山色由黛色，青色，蓝色，依次向天际淡开去，如置身于寂静广袤的海滩。花色闪烁，茫茫雾气像潮汐一样涨上来，吞噬掉整个天穹。那样的时刻，在山野之中，亦会感受到深海的情怀，感染到那种独特的海洋气息，荒凉，盛烈，感性，通灵……不如归去，不如归去，是真的宁愿被宇宙的洪荒席卷而去的。

杜鹃在我们家乡称映山红。这个很喜庆的名字，不凄厉，不病弱，没有一丝的不祥与隔阂，却也占据我乡愁的一部分。

老家后山有大片映山红。清明后，花会恣意地开起来。它们生在半人高的灌木丛里，一簇一簇，颜色欢悦。童年时，每当花开的季节，孩子们都会上山去采摘，就像一场山村盛会。那个时候，只知道映山红煞是好看，采着好玩，花还可以吃，经常就着花枝塞一满嘴，又哪里懂得什么叫悲切，什么是断肠。

多年后离开家乡，没有布谷的啼唤，也时常会想起后山矮矮的映山红，想起那条羊肠子一般的山道，想起孩子们脏兮兮的脸，想起松枝晃动的呼呼声响，凉飕飕的山风，让人心生羽翼。

这些，都成了我深藏于心的懵懂乡愁，粗粝而野性，终究是吟不成诗，入不得画。

清代画家华岩绘有一卷《春谷杜鹃图》。

华岩号新罗山人、白沙道人、离垢居士，老年自喻"飘篷者"，福建上杭白砂里人，后寓居杭州。华岩作画力追古法，花鸟尤佳，又善书，能诗，时称"三绝"，是扬州画派的代表人物之一。他笔下的花鸟，意境清新俊秀，极具精魂，花朵犹闻其香，禽鸟毛羽细致蓬松，毫毛毕现，笔法细腻而诡丽。

春谷杜鹃，这名字就很有深玄之美，画意天成之余，诗意亦天成。

在画上，华岩题字："春谷鸟边风渐软，杜鹃花上雨初干。"留有"离垢"白文印，落款为"新罗山人写于解弢馆"。

早年的华岩意气飞扬，曾北上京城应试，虽才学优等，却只得八品阶位之职，与他心中远大的抱负相去甚远。他没有任官便离开了京师，从此绝意于仕途，遣兴诗画，自结茅屋成小隐，得名"离垢居士"，意与浊世划清界限，独守一方简洁。

解弢馆是华岩晚年在杭州的居所，如画中所绘，馆内有柳枝山石，花香鸟鸣，真是好一片风光田园，世外山谷。山石遒劲如削，他用石青点苔，更显出几分古朴潮湿的味道，雨后气息扑面而来。几枝杜鹃开得清瘦，飞红点点，很是疏朗俊俏。几束柳丝在风中飞扬，柔软而写意。两只杜鹃分立于柳枝与花间，喁喁鸣翠，姿态极为欢快。

诉尽春愁春不管，杜鹃枝上杜鹃啼。

华岩笔下的春愁是美，是灵动，他虽亦"飘蓬"，但他离了垢，修成了心中的琉璃，一尘不染，烟火澄明。

而李白笔下的春愁是悲切，是理想主义者的哀歌，他经过长期的颠沛流离，心神疲惫，加之又染病在身，终让他心中的那朵青莲，花瓣一片一片落尽，成了一枝枯萎的莲蓬。

上元三年（公元762年），李白饮酒过度，醉死于宣城，终年六十一岁。

尽管人们宁愿相信《唐摭言》所说，李白着宫锦袍，游采石江中，傲然自得，旁若无人，因醉入水中捉月而死。

捉月者，可羽化登仙。

但他是真的永远地归去了。

宣城又见杜鹃花。

每年的春三月，蜀地的子规依然日夜鸣叫，不如归去，不如归去……

我有所念人，隔在远远乡

我有所念人，隔在远远乡。

我有所感事，结在深深肠。

乡远去不得，无日不瞻望。

肠深解不得，无夕不思量。

况此残灯夜，独宿在空堂。

秋天殊未晓，风雨正苍苍。

不学头陀法，前心安可忘。

——白居易《夜雨》

【今译】

我有深深想念的人，在离我非常遥远的地方。

我所感怀的事情，都埋下心底，成了深深的郁结。

因为路途遥远，无法抵达她的身边，但我每一天都在盼望与之相见。

内心的郁结无法化解，但我每一天都未停止思念。

更何况是在这样的深夜，灯烛已残，孤独如我，睡在这空寂的房间。

秋夜漫长，何时破晓？窗外，风雨正茫茫。

不曾学习佛法，便无法看破红尘。前尘往事，要如何忘却？

这首诗是白居易写给他初恋的姑娘湘灵的。

湘灵，与传说中湘水之神同名的姑娘，也是白居易一生难忘的美好与忧伤。

战国时，宋玉为了证明自己不好女色，曾在自己的《登徒子好色赋》中描述过一个楚国的美人，也是一位爱慕了他三年的邻女：

"东家之子，增之一分则太长，减之一分则太短，著粉则太白，施朱则太赤，眉如翠羽，肌如白雪，腰如束素，齿如含贝，嫣然一笑，惑阳城，迷下蔡……"

不过，即便是面对这样一个有着倾城魅力、还登墙窥视了他三年的绝代佳人，宋玉也从未心动过。

且不论宋玉笔下的美人是否存在虚构的成分，但"东家之子"，"邻女"，自此便成为后世文人心中的花光月影，一寸柔肠。

白居易还真的遇到了。

伊人宛在水中央？

伊人在东邻。

婷婷十五胜天仙，白日姮娥旱地莲。

何处闲教鹦鹉语，碧纱窗下绣床前。

——白居易《邻女》

白居易小时候因为躲避战乱,曾举家从中原搬到安徽符离。那个时候,湘灵还只是一个六七岁的小姑娘。她性格活泼,声音清脆,有时会跟在白居易的身后,看他读诗文,或者写文章,一双晶莹透亮的大眼睛,笑起来好似里面盛满了天上的星辉。

后来白居易去江南求学,时隔多年再回到符离,湘灵也长成了体态娉婷的少女,单衫杏子红,双鬓鸦雏色,浅浅一笑,一双秋水明眸里,竟多了几分羞怯的涟漪。

符离的东林草堂中,白居易把湘灵写在诗里,将出身农家的她比作广寒宫里的嫦娥,步步生莲,歌喉婉转。

隔墙花影下,她唱一支悠扬的符离小曲,也唱邻家少年新写的诗,绣盘上针线翻飞,只见鸳鸯双宿,并蒂莲开。

贞元八年(公元 792 年),白居易与湘灵悄悄相恋了。

而且,他们极有可能已经互许终身——湘灵曾在是年送给白居易一方丝帕和一双亲手制作的鞋子,在那样的年代,完全可以视为定情信物。

如果说,在白居易的成长中,除了文字,还有什么东西让他的心灵产生过美妙的震撼,甚至发生过质的改变,那么应该就是初恋了。

从某种意义上来说,初恋,其实也等同于一次自我意识的觉醒。

因为对方的出现,让自己经历了爱情,拥有了爱的能力。仿佛所有古诗中爱情的滋味都与自己联结上了,那一刻,终于明白了什么叫"寤寐思服""辗转反侧",什么叫"盈盈一水间,脉脉不得语"。

因为第一次，那种心灵所产生的悸动，也是一生中最纤细的、最敏感的、最深刻的、最难以释怀的记忆。

那样的情愫，就像欲开未开的花，浪漫的暗香，带着私密、禁忌、美好和一点一点发散的甜蜜，都只在彼此之间的小世界里浮动。

那么这段感情为何又成了白居易一生的遗憾与伤痛呢？

或许跟门第之见有关。

也或许跟白居易家中发生的两次变故有关。

再回到符离的那一年，白居易最小的弟弟，他母亲陈夫人最疼爱的幼子——幼美病夭了。

幼美自小体弱，陈夫人便唤其"金刚奴"，意思是为佛陀守护法器的小小侍者。但是很遗憾，纵然陈夫人百般呵护，幼美也未能熬过一场风寒。

幼子的离世，给了陈夫人沉重的一击，余生都不曾复原。她数月不语，茶饭不思，甚至性情上都发生了一些改变。

当白居易试着跟母亲沟通，说自己想娶湘灵为妻时，陈夫人对湘灵的偏见，以及对封建礼法、门第观念的固守，终是合成了一把利剑，足以斩断一世情缘，也足以刺伤两颗真心。

陈夫人认为，白家纵然再寒素，也是世敦儒业，白居易身为官家子弟，日后若能考取进士，更有着大好的前程。反观湘灵，纵然再玲珑可人，也不过是一个普通的农家姑娘。

他们之间，不般配。

所以，就在白居易与湘灵私订终身后不久，他便在父亲的催促下，前往襄州求学。

白居易是被迫离开符离的。启程前，他送给了湘灵一首诗：

不得哭，潜别离。

不得语，暗相思。

两心之外无人知。

深笼夜锁独栖鸟，利剑春断连理枝。

河水虽浊有清日，乌头虽黑有白时。

唯有潜离与暗别，彼此甘心无后期。

——白居易《潜别离》

真的是彼此甘心无后期吗？

当然不是的。

若是真的甘心妥协，他也不会在离开符离后就开始泪流不止，一步三回头。

泪眼凌寒冻不流，每经高处即回头。

遥知别后西楼上，应凭阑干独自愁。

——白居易《寄湘灵》

但那个时候的白居易还是天真地以为，只要自己有一天考取了功名，待时间慢慢抚平母亲内心的伤痕，便有机会迎娶湘灵。

怎料时间可以让寒冰融化成春水，也可以让流水凝结成冰川。弟弟幼美夭折后，白居易的父亲也离世了。

三年后，当白居易小心翼翼提及对湘灵的眷念时，再遭情感重创的母亲竟不惜以死相逼。

即便是那样，白居易依然对他的爱情持有一丝念想，相信"人言人有愿，愿至天必成"。

他的愿望是什么呢？

除了"致君尧舜上，再使风俗淳"，还有"愿作远方兽，步步比肩行，愿作深山木，枝枝连理生"。

也可以说，步入仕途之后，白居易年少时的梦想就已经达成了一半。而与湘灵长相厮守，便成了他生命中最大的心愿。

造化弄人，就在白居易有了在京城安置家眷的能力时，湘灵一家却搬离了符离。

一年又一年，他再也寻她不见，才迫不得已顺从了母亲的意愿，另娶了她人。

白居易结婚的时候，已经三十七岁了。在唐代，三十七岁，已经是初见白发的年纪了。

"在天愿作比翼鸟，在地愿为连理枝"，终究成他遥不可及的幻想。

其间，他写下文学史上最有名的七言歌行《长恨歌》而名扬天下，讽刺的是君王，感慨的却是一段荡气回肠的爱情悲歌。

若不是亲历过那种黯然离别、心如刀割的怅恨，又何来"天长地久有时尽，此恨绵绵无绝期"的喟叹呢？

又是多年后，白居易被贬江州，飘荡三千里，依然念念不忘他的"东邻婵娟子"。

中庭晒服玩，忽见故乡履。

昔赠我者谁，东邻婵娟子。

因思赠时语，特用结终始。

永愿如履綦，双行复双止。

自吾谪江郡，漂荡三千里。

为感长情人，提携同到此。

今朝一惆怅，反覆看未已。

人只履犹双，何曾得相似。

可嗟复可惜，锦表绣为里。

况经梅雨来，色黯花草死。

——白居易《感情》

南方的梅雨季，潮湿又燠热，空气里到处蔓延着回忆的气息。睹物思人，更是悲伤不已。

当年在符离，湘灵送给他的鞋子，他一直珍藏着。岁月流逝，鞋面都褪了颜色，但湘灵昔日对他说过的话，还依稀回荡在耳际——"锦履并花纹，绣带同心苣"，那双鞋子，联结的是一段至死不渝的深情。

曾经的他，除了才华，身无长物，但为了不弄脏那双鞋子，还专门筹钱买了一匹瘦马去长安。

"我有所念人，隔在远远乡，我有所感事，结在深深肠。"

而在江州，白居易其实是直面两个梦的崩塌。

一个是仕途的受挫。

元和十年（公元815年），四十四岁的白居易因平时多作讽喻诗而得罪朝中权贵，从长安被发配到江州，成了天涯沦落人，平生志气消磨大半，整日沉溺于诗酒。

一个是爱情的绝望。

如果说，母亲的眼泪是他曾无法逾越的大海，那么湘灵的那双鞋，作为一个情感的载体，装着的是他一辈子都不能纾解、又不能弥补的遗憾，更是让他用余生所有的歉疚与回忆去背负的大山。

刚到江州时，一日在浔阳渡口，阴差阳错，白居易竟与湘灵重逢。少小离别老年逢，两人不禁抱头痛哭。相逢依依，白居易留湘灵在江州小住，但湘灵执意要回符离。

临行前，湘灵留下一首诗，最后一句是："皖北事由借口归，妾心仍在江州城。"

白居易心痛难当，回道："久别偶相逢，俱疑是梦中。即今欢乐事，放盏又成空。"

不久后，湘灵出了家，与白居易永隔消息，也断了自己在红尘中的退路。

比拥有更残忍的是拥有又失去。比离别更痛苦的是什么？

是重逢又永别，是一场空欢喜。

湘灵出家后，白居易那个一直储藏在身体里的爱情的元神，几乎彻底涣散。

他知道，自己与湘灵那执子之手、与子偕老的愿望，终成了梦幻泡影、镜花水月。

他知道，自己在沙漠中苦苦等待的那一艘船，终究是不会来了。

所以他再看到湘灵送的鞋子时，才会那样哀伤。

从此之后，对于生活，他依然可以保持达观，但在爱情的世界里，他已是一个彻头彻尾的悲观主义者。

他也终于明白，写下一句"大都好物不坚牢，彩云易散琉璃脆"，自己的心为什么会那么痛。

"中庭晒服玩，忽见故乡履。"值得一提的是，在思念湘灵的诗中，白居易把符离称作了"故乡"。

或许是因为，符离，是白居易一生中友情和爱情出发的地方。

或许是因为，但凡爱过的地方，皆非他乡吧。

对于友情，他是"岁月徒催白发貌，泥涂不屈青云心"，很多次遇到挫折的时候，他都能够在友情里找到检阅初心、重新出发的勇气。

对于爱情，如果爱情是一种迷信，他宁愿相信天长地久有时尽。

有人说，当你不能够再拥有，你唯一能做的，就是令自己不要忘记。

是的，容颜会枯萎，身体会老去，回忆却是珍藏在树洞里的种子，一遇春风，就能长出一片森林。

只是，此生有梦到东邻，当年拂过东邻的风，已只能在回忆中。

人这一生中，遇见的星辰再多，月亮也只有一个。

初恋之所以刻骨铭心，只因为人生所独具。

在白居易漫长的一生中，他喜欢过很多女人，也会认认真真地和小妾谈恋爱，她们有娇艳的脸庞、年轻的肉体、美妙的歌喉，但有一点可以确定的就是，他对湘灵那样的感情，那种炽热又压抑的少年心事，对爱情的虔诚与肃穆，再也没有出现过第二次。

她从来都不是他的浮花浪蕊，风流佳话，而是他仰望的婵娟，低回的梦；是他坦坦荡荡，从不遮掩，可以寄送情诗，可以写入文章的名字；是那个想一想，心尖就会温柔一颤的人。

晚年时的白居易，活得放肆而浪荡，看似是挣脱某种羁绊之后的自我放飞，又似是以肉身的沉堕，换得一刹灵魂的自由，但何尝又不是一种水中捞月式的浪漫主义呢？

"桃花飞影潮生后，尽想东邻一笑痴。"

那时，他蓄妓、醉酒，双目颓唐，终日醺醺。

他教那些妓人唱符离小曲，一首又一首，仿佛闭上眼睛，就可以踏上回忆的归途，回到二十岁那年读书的间隙，抬头一瞥，就能看到东邻的花树与月亮。

那时，他老来多健忘，唯不忘相思。

而少有人知道，他最喜欢的小妾，恰有着与湘灵一样婉转的歌喉。

紫藤花下渐黄昏

慈恩春色今朝尽，尽日裴回倚寺门。

惆怅春归留不得，紫藤花下渐黄昏。

——白居易《三月三十日题慈恩寺》

【今译】

慈恩寺的春色如今就要逝去，终日在寺门口徘徊，倚门叹息，内心充满了惆怅。

惆怅留不住眼前这春光。紫藤花开得那么好，也渐渐隐入了黄昏。

第一次见到紫藤，就觉着这名字适合生在琼瑶的小说里。

不似花，让人怜得彻头彻尾，亦不似树，天生就是让人放心的样子。它是藤，生命里带着满满的纠缠与依附，像一个苦命的女子，整个生命为着一份爱情来活，白皙的面庞，细长的眉眼，心里住着浓稠的悲欣，遇着了风雨，就勾起了往事，瘦瘦的身子倚着木格子窗，眼泪簌簌地落，窗外的紫藤，也簌簌地落……

紫色，本是高贵而祥瑞的。它代表权力与冷静，有深邃而决绝的性子，一般人难以将它驾驭。

紫藤却很容易亲近，它身上的紫色，在花瓣的底部会泛出白来，那白，是一种温和的过渡，添了意境，又不至于让整个紫浓烈得咄咄逼人。

一串一串的花，挂在树藤上，流苏一样，在风中荡漾着，美得柔软而缥缈，带着心动与幻想，以及幽幽怨怨的爱情气质。

还记得那个关于紫藤的传说：

不知道是哪朝哪代，有一个大户人家的小姐，名叫小紫，养在深闺里，到了怀春的年纪，就虔诚地祈求月老，赐予自己一段佳缘。于是月老在夜间托梦于她："明年春天，三月之三，你去后山的小树林里，若遇到一个白衣男子，你将得偿所愿。"

第二年，三月三日，春风破冰，小紫如约上山，却被毒蛇咬伤了脚，晕倒在草丛里。她醒来时，发现自己躺在一个陌生男子的怀中，而他身上，正是一袭白衣。

一如月老所说，那男子就是小紫的佳缘，但因为对方家境贫寒，他们的爱情遭到了小紫父母的强烈反对。最终，两个相爱的人只能双双跳崖殉情，死后化作绿树青藤，藤条缠树而生，每年春天开出朵朵花坠，紫中带白，白中有紫，灿若云霞，是为紫藤花。

在天愿作比翼鸟，在地愿为连理枝。

爱情一被传奇粉饰，便有了惊人心魄的效果。

黄岳渊的《花经》记载："紫藤缘木而上，条蔓纤结，与树连理，瞻彼屈曲蜿蜒之伏，有若蛟龙出没于波涛间。仲春开花。"

仲春过后，紫藤花也就慢慢地萎谢了。

难怪白居易要说："惆怅春归留不得，紫藤花下渐黄昏。"

春天所有的惆怅，隔着一朵落花坠地的声音，在黄昏里全部鲜活起来。心头的一声叹息，被无限拉长，影子一样，轻飘飘，没有止境，也没有归途……像一场爱的别离。

白居易也曾因为家人的阻难，不能与心爱的姑娘相依相守。

他为她写下无数悲伤的诗句，很多都成为传世的经典。但事实上，他的诗句再深情再凄苦再惊艳，也无法撼动门第之见的大山。

曾经，我也以为，爱情中的坚持，不是在高处频频回头，而是站在原地等待，用坚毅的目光铺路，告诉对方：爱人，我在。所谓缘深缘浅，不过各自勇敢——爱之所趋，无远弗届，穷山距海，不能限也。心之所向，无坚不入，锐兵精甲，不能御也。

但年纪越长，就越明白，不谈时代，单纯地去苛求一个古人对爱情不够勇敢，终究是没有意义的。

我们活在世上，每个人都有自己无法逾越的海和山。

如此，看一幅《紫藤鱼藻图》，心境才得以舒缓起来。

此图乃明代才女薛素素所画，笔墨灵秀如风，经江南水脉润泽，真是云端烟火，红颜素心。

似李白诗中的意境：

紫藤挂云木，花蔓宜阳春。
密叶隐歌鸟，香风留美人。

春天的紫藤架下，阳光翻阅花朵，如同温柔的吐纳。

若有风，风也是美人香，拂在脸上，扫过蛾眉，恰似一帘幽梦，带着淡紫色的恣意与清凉。

画中紫藤一束一束，小小铃铛一样在风中摇晃，花瓣掉到水里，惹得几尾金鱼嬉游翻跃，全然不理人间事。

再看那紫藤，全然没有幽怨的痴缠，没有春归留不得的惆怅，没有凭栏独自的哀愁，有的只是自己的灵魂，开得飒然，落得淡然。

真是好。

子非鱼，焉知鱼之乐。

子非我，焉知我不知鱼之乐。

只知世间最美好的事，莫过于一个心境安然，为自己而活。

芭蕉不展丁香结

楼上黄昏欲望休，玉梯横绝月如钩。

芭蕉不展丁香结，同向春风各自愁。

——李商隐《代赠》

【今译】

黄昏时，在楼台上远眺，倚栏歇息，感叹楼梯横越，仅可登楼，不能探取那钩明月。

芭蕉心尚未展开，丁香花还在含苞，它们吹着一样的春风，却各有各的闲愁。

李商隐的诗有多美呢？

美玉生烟，清艳迷离，隔着光阴，直疑是蜃楼幻境。

代赠，即代拟的赠人之作。《李义山诗集》中收录《代赠》共二首，另一首为：

东南日出照高楼，楼上离人唱石州。

总把春山扫眉黛，不知供得几多愁。

同样是以女子口吻作闺情。小楼，玉阶，有淡扫眉黛的女子步月而归。一曲《石州》唱罢，思念骤涨。她倚在阑干边，看青山隐隐，看月色如钩，看芭蕉慵卷，看丁香含愁。晚春的风，带着浅浅的凉意，扫在面颊上，全是相思的味道，丝丝缕缕，化作蚀骨的寂寞。

至于这两首诗为谁而代，赠予何人，写于什么年月，皆已无据可考。一如李商隐的这个丁香结，繁复而幽香，隔着茫茫的愁绪与东风，无解。

《礼记·月令》云："东风解冻，蛰虫始振，鱼上冰，獭祭鱼。"獭，是一种两栖动物，喜欢吃鱼。每年东风破冰之时，獭便会开始捕鱼。獭喜欢将所捕之鱼排列在岸上，仿佛一场虔诚的祭祀之礼。

相传李商隐每次写诗作文，都要查阅众多的书本典籍，通常是一首诗写罢，一间屋子里也摊撒满了书，便得了一个"獭祭鱼"的外号，说他好用典故。

而他的《代赠》并无典故。他自然也不知道，他一次代笔所绾下的丁香结，竟成了后世文人屡屡借用与化引的典故——道离情，诉别绪，在春风里美丽着，惆怅着，幽人不倦赏。

唐末时期的牛峤填了一首《感恩多》，其中有以下表述：

自从南浦别，愁见丁香结。近来情转深。忆鸳衾。

几度将书托烟雁，泪盈襟。泪盈襟。礼月求天，愿君知我心。

这首词后被收录在《花间集》里，如一枝丁香珠花，被人收纳到华美精致的妆奁之中，令整个时代心醉不已。

愿君知我心，可心事若自主藏得幽深，天亦是难知的。不如说出来，念出来，写出来，让他知道，让流转的光阴也知道。

像宋代那位等待贺铸的女子一样。

薄雨收寒，斜照弄晴，春意空阔。长亭柳色才黄，远客一枝先折？烟横水际，映带几点归鸦，东风消尽龙沙雪。还记出关来，恰如今时节。

将发，画楼芳酒，红泪清歌，顿成轻别。已是经年，杳杳音尘都绝。欲知方寸，共有几许新愁？芭蕉不展丁香结。枉望望天涯，两厌厌风月。

——贺铸《石州慢》

据宋人吴曾在《能改斋漫录》中所记，贺铸与一女子相好，久别之后，女子寄诗云："独倚危阑泪满襟，小园春色懒追寻。深恩纵似丁香结，难展芭蕉一寸心。"贺铸收信后，遂赋《石州慢》，先叙分别时景色，后用所寄诗语，便有"芭蕉不展丁香结"之句。

她说：你不来，芭蕉不展，丁香不开，我的心里何来春天，而春天是一座孤独的城。

从他的另一首《绿头鸭》里，又依稀可见两人初见时的端倪："玉人家，画楼珠箔临津。托微风彩箫流怨，断肠马上曾闻。宴堂开、艳妆丛里，调琴思、认歌颦。麝蜡烟浓，玉莲漏短，更衣不待酒初醺。绣屏掩、枕鸳相就，香气渐曛曛。回廊影、疏钟淡月，几许销魂……"

犹记出关来，恰如今时节。原来，那年初寒春意，画楼珠箔，那年的长亭柳色、彩箫流怨，那年的归鸦残雪、麝烟枕鸳，那年的清歌红泪、疏钟淡月……他都不曾忘，他都记得。

奈何同心而离居，忧伤以终老。最后一句，格外凄楚苍茫，竟有了绝恋的味道，真令人心酸。

书里说贺铸是"长身耸目，面色铁青，人称贺鬼头"。而他的文字，却如此俊逸倾城。似他的性格，豪爽豁达，磊落风骨，不依附权贵，喜论天下事。诗文兼婉约豪放之长，或哀婉，或奔腾，皆是气在言外，意境延绵，浩然苍劲。

《石州慢》的彻骨幽绝，《绿头鸭》的至死靡艳，不免让我对他有难以掩饰的好感。

两阕词，都与那个女子有关。或许，她一早就知晓了他们的结局：一春情缘，已是深恩。纵一生的春天都淹死在这红泪里，亦是值得的了。只感念世间有如斯男子，令她可想、可恋、可怨。

才情出众如他，玲珑剔透如她。分离还是相守，她自是他心口的朱砂痣，凄美绯红，不可磨灭。

贺铸又名贺三愁，不知是否有一愁半愁的，曾为那丁香而生。

世人依旧在传颂着一个关于丁香的故事：

从前有一位落拓书生，停留于一家客栈时，与店家小姐互生爱慕。

一日，小姐借斟酒之机，对他盈盈说道："冰冷酒（冰字异体为水字左上加一点），一点、二点、三点，请先生适饮。"并求赐对。

书生不明其意，又联想到自身境况，一时羞愧，竟郁郁而逝。

第二年清明，店家小姐给书生扫墓，发现坟头长出一株丁香。当夜即梦见书生对她吟诵："丁香花，百头、千头、万头，供小姐欣赏。"小姐悲喜交加，醒后遂作一联祭奠墓前："生前痛饮冰冷酒，含恨九泉；身后饱赏丁香花，流芳百载。"

这样的丁香，是结，还是劫？

大抵旧时的感情，多比今日来得厚重，也因那厚重，才承受得住时间百年千年的洗涤，才能用完满无缺的姿势面对生命的脆弱吧。

而丁香依旧开着，将所有的美，开进宿命一般的"结"字里。

一簇花事，带着愁怨，心有千千结。

撑着油纸伞，独自彷徨在悠长、悠长

又寂寥的雨巷

我希望逢着一个丁香一样的

结着愁怨的姑娘

——戴望舒《雨巷》

幽长的雨巷，哭泣的油纸伞，丁香一样的芬芳，结着愁怨的姑娘，曾经，这几种意象，随着戴望舒的诗，在我的青春年纪里，一度百转成结。

几年前见过丁香。

丁香未开之时，花苞小小的，倔强地聚在一起，像古典服饰上的盘扣，攒着一堆小小的旧事在心里，像个木讷的小哑巴，任凭别人怎么询问，就是不发一言。绽放以后，是一大簇一大簇的，颜色有白有紫，四个瓣，按古人的话说，是"丛生成结，难分难解"，而我怎么看，都觉得像一个个的大鸡毛掸子，整树地挂在头顶，美则美矣，却全是现代的粗糙。

美不是我想要的那种美，香不是我想要的那个香。

心里随即生出了小小的失望，真是相见不如怀念啊。

于是那日便在网上叹，丁香，花之美，远不及其名也。

一友人回道：入诗即美。

心有戚戚焉。

第三卷

心有猛虎，细嗅蔷薇

桦烟深处，愿君不相忘

钿毂香车过柳堤，桦烟分处马频嘶。

为他沉醉不成泥。

花满驿亭香露细，杜鹃声断玉蟾低。

含情无语倚楼西。

——张泌《浣溪沙》

【今译】

精致的香车驶过载满垂柳的河堤，前方就是朝廷设的考场，那里烈马嘶鸣，考生云集。

借酒浇愁，为他而沉醉，恨不能化作尘泥。

春花开满驿亭，清露点点，香风徐来。天边明月初升，杜鹃鸟的叫声令人断肠。

看不到他的身影，只能倚靠在西楼上，饱含情思，无言望着远方。

张泌是五代词人，生卒年不详，其作大多为艳词，风格介于温庭筠与韦庄之间，又倾近于韦庄。笔下诗词皆细腻工致，情调香艳而清幽，一如沉香入水，最为惹人迷醉。

果然，《花间集》里的送别，连忧伤都是薰薰月照花的。

那是一个春日的黄昏，词中的女子坐着华贵的香车，以十里长堤的烟柳与春花，为恋人深情饯别。

她推整衣袖，在驿亭的石桌上为他斟了一杯酒。第一杯，愿君得前程。第二杯，愿君不相忘。第三杯，愿君早日归。

他饮罢三杯，立马徘徊，双眼含泪，方才拍马前行，绝尘而去。

只留下飞扬的尘烟与暮霭，弥漫在芳草古道间，像一曲离歌的悠悠余音，闻之怅然，断人心弦。

送走了他，她重新驱车返回阁楼。月上柳梢，香风细细，杜鹃鸟的声音令人无限伤感。她倚靠在西楼上，心头柔肠百结。

《西厢记》中也有这样的送别，如张泌《浣溪沙》之情景再现：碧云天，黄花地，西风紧，北雁南飞。晓来谁染霜林醉？总是离人泪。

几百年前的秋天，山西普救寺外，崔莺莺就在衰草萋迷的十里长亭，摆下饯行筵席，寄语河堤烟柳，送君赴前程。

她送的是张君瑞，她烧姻缘夜香许来的如意郎君。

那一刻，两意悲楚缱绻，落日苍山横翠，一个的车儿投东，枉凝眉，险些化作望夫石；一个的马儿向西，意似痴，金榜无名誓不还。

如此伯劳分飞，她自是未饮先痛，眼中流泪，心如刀切。

斜阳古道，禾黍秋风，烈马频频嘶。莺莺坐在车内，只怨那须臾面对，顷刻别离，老天不管人憔悴。

还将旧来意，怜取眼前人。临别之时，她为他把盏，轻声嘱咐："此一行得官不得官，疾便回来。"

到晚来闷把西楼倚，莺莺倚楼看着四围山色，一襟残照，不免又泪水如云。

她本是相府小姐，张生若得功名，于她也不过是锦上添花。而她真正期望的，只是一个平常女子的婚姻，与相爱之人举案齐眉，白首偕老。

但张生不同，功名于他而言，是雪中的炭，更是点亮他寒窗的光。

《西厢记》的故事其实本就是唐人事。

自隋代开始，科举到了唐朝，已得到了非常完善的发展。从唐朝灭亡到宋朝统一，中间又隔着七十余年的五代十国。那个时候，战争频繁，社会混乱，改朝换代仅在转瞬之间，唯独科举考试从未停止过。

科举，也是寒门子弟改变命运的唯一通道。春风得意马蹄疾，一日看尽长安花，是每个读书人的梦。学而优则仕。在封建朝代，也只有仕途，才能成为一个读书人舒展襟抱的途径。想飞上蓝天一展凌云之志，一腔热血和满腹才华固然重要，但首先还是要得到功名这双翅膀。

《西厢记》中，张生考的进士科。

而张生的原型，正是唐代诗人元稹。

唐代科举考试，或明经科，或进士科。明经科入仕易，但官位低微。进士科的考试要艰难得多，评选的标准也更为严格，不仅要考帖经墨义，还要考时务策论，诗赋文章。当时民间就有俗语流传："三十老明经，五十少进士。"

按照唐代进士科的考试制度，即便考生一路过关斩将到达京城，接下来也还要面临考场内外的双重考核，才有资格金榜题名。

考场内，考试共有三局。第一局晋级，进入第二局。第二局晋级，进入第三局。如此，最后从近千人中脱颖而出的，也不过十余人而已。

曾经，即便是二十二岁的元稹考取进士科第一名，也还要在来年参加吏部的"书判拔萃科"考试。选拔的标准同样极为严格，吏部将在"身、言、书、判"四个方面对考生进行全方位的考察，从而为大唐王朝选出合格的官员。

所谓"身"，即考察对方的身形是否伟岸，五官是否端正。

所谓"言"，即言辞举止，考察对方的口齿是否伶俐，举止是否优雅。

所谓"书"，即书法风格，当时是以能写出优雅的楷体为标准，遒劲优美者为优秀。

所谓"判"，即考察判词，考官会出题让考生临场发挥，以文理优长者为佳。

如果在四个方面皆达到了标准的考生，吏部还会询问所能，拟定何官，再把考生的资料交给尚书省，由尚书省的掌事转给门下省反复审核。

历经一系列冗长又烦琐的流程与优中选优，最后能获得官职的人，已似天边的晨星，寥寥无几。

元稹，那个经常出现在戏剧里的负心人，却成了科举考试中最亮的那颗星，在尚未正式获得官名的情况下，就娶到了京兆望族韦家的女儿。

所以，《浣溪沙》中的男子和《西厢记》中的张生，都是一马扬鞭，奔着那锦绣前程去的。

他们的前程，在那桦烟深处。

桦烟深处，即朝廷考场。

白桦之皮厚而轻软，可卷蜡为烛，是为桦烛。桦烛名贵，非王公贵族不能燃用。

白居易曾以"月堤槐露气，风烛桦烟香"描写过早朝的情形，前蜀薛昭蕴的及第词中亦有"桦烟深处白衫新，认得化龙身"的描写。

因此，白桦在古代俨然成了奢华与富贵的象征，是打开另一个阶级那扇门的钥匙。

若在古代，想必我也是某位倚楼相望的小女子吧！

可以为爱而生，也可以为爱而死。

就像托身现代，白桦在我心里，一直代表着守望和爱情。

静静的村庄飘着白的雪，阴霾的天空下鸽子飞翔。

白桦树刻着那两个名字，他们发誓相爱用尽这一生。

有一天战火烧到了家乡，小伙子拿起枪奔赴边疆。

心上人你不要为我担心，等着我回来在那片白桦林。

——朴树《白桦林》

一度非常喜欢朴树。他唱《白桦林》，细长的手指插在牛仔裤兜里，嘴唇薄而忧郁，脸色苍白，羞涩，长刘海遮住晨星般的眼睛，声音里仿佛藏着一座森林。

《白桦林》的创作背景，源自苏联的一个爱情故事。

二战期间，德军曾攻入斯大林格勒城区，苏联政府动员全国人民坚守。战火一起，在白桦林许诺相爱的一对年轻人也被迫分离。他们在白桦树上刻下彼此的名字，发誓相爱终生。

他告诉她，等战争胜利了，立即就回来。

后来，他奔赴前线，挥洒青春与热血，她日夜等待，守望爱情与生命。

再后来，噩耗传来，他战死沙场。她不信，依然每天去白桦林等他。年轻的姑娘无西楼可倚，她倚的是白桦树，爱情的信仰之树。

他会回来吗？

雪下了一季又一季，连鸽子们都老去了。她白发苍苍，躺在床上，闭上眼睛的那刻，终于听到了他的声音——来自洁白的天堂，有白桦林的安详。

吴冠中也喜爱白桦。他画的白桦，带着江南民风里特有的幽雅和细腻，也带有吴式的明朗与忧郁。此间况味，非他莫得。就像指纹、树叶，满世界都找不出相同的两片，风格亦然。

"天寒地冻不开花，长白山下看白桦。"这是他在画作《长白山下白桦林》的题识。画中的白桦，当真在他笔下开出了花来，黑、白、灰，墨绿、森青、雏蓝、豆黄……融合成汪洋之色，一直衍生到纯净的天外去，不会惊扰到一只林中漫步的狮子，却会放飞一片灵魂深处的鸽翅。

吴冠中写白桦，文采飞扬又脉脉情深：

"白杨、白桦的躯干也是白亮亮的，尤其是白桦，雪白、银白，间有墨黑的斑，像浓墨泼落在素白的宣纸上，极美。在天寒地冻一色灰暗的北国风光中，明亮突出的白桦胜似花朵，是强劲的花朵。

"白桦喜居寒地，有意寻白桦之林，我从长白山又追到新疆阿尔泰。进入银色之林，悄无一人。白桦的黑斑像眼睛，但只有上眼睑，没有下眼睑，她眯着眼窥人，林中处处见秋波。既成林，每株树身便隐现在林中，林成片，片上谁布斑点，是锣鼓之音，是抽象之形，是交响之林。

"离白桦林，依依惜别，当地人说，请携走一片白桦树皮，她专供人书写情书。"

无缘去长白山，我却知道新疆的白桦。

那里的白桦又高又瘦，身着白衣，面相俊美。白桦成林，林中又有随处可见的小木桥和小木屋。桥与白桦迎面，也不砍树，直接绕树而建，非常和谐温情。人踩在木桥上面，时与白桦擦身，时与小木屋对望，脚下是溪流潺潺，阳光从叶片间打在肩膀上，就有了童话的质感与暖意。

再看那白桦树干上，还真有那样深情的眼睛。

造物真是神奇，不由得让人心生敬畏。那本是白桦树上皮孔的衍生物。皮孔是茎与外界进行气体交换的门户，形同叶片气孔。但我宁愿相信，那是一份古老的守望。

是谁说过，等待，是一生最初的苍老？像望夫石一样。那个歌声中的白发苍苍的爱人，一天又一天地望眼欲穿，终是将自己化成了树干上的一泓秋水。

现在可还有人，在雪白的鸽子扑嗒嗒飞过林梢时，在明净的天空下，用一片芬芳的白桦树皮，写下自己的爱意与等候？

可还有人含情无语倚楼西，晓来泪染霜林醉？

我不知道。

毕竟全世界，也不过是一张机票的距离。

重新把目光收回到纸上，望着那一片安静起伏的白桦林。似乎隐约听到远处有马嘶鸣，声音洪烈。它奔跑在空旷的平原，蹄下呼呼而啸的清风，可贯穿古今，却驮不起一位女子的深情。

蓦地想起，富贵的桦烟，亦与至死不渝的爱情一样，已经稀有，已经远去了许久，许久。

我以相思自缚，但我甘心为茧

绿槐阴里黄莺语，深院无人春昼午。

画帘垂，金凤舞，寂寞绣屏香一炷。

碧云天，无定处，空有梦魂来去。

夜夜绿窗风雨，断肠君信否？

——韦庄《应天长》节选

【今译】

苍翠的槐树投下绿荫，里面藏着黄莺的歌声，春日晌午，庭院深深，寂静无人。

低垂的帘幕上，金凤双飞，精致的屏风前，一炷沉香散发着华贵而寂寞的香气。

碧空上的云，漂泊无定，就像是只能在梦中遇见的人。

每天夜里，窗外也只有风声雨声。你可相信，这样的日子，已让我肝肠寸断。

埋首故纸堆久了，便发现文人笔墨，通常风致情怀与经历背景都是息息相关的。韦庄的人生，也大约可以分为两个时期，他的文风也是一样。

前期仕唐。

韦庄为人疏旷，直至四十五岁才到京城应举。当时正逢黄巢起义军攻占长安，国家动荡，百姓在颠沛流离中饱受战乱之苦。之后十余年，他远赴江南避难，亦曾委身军中，充当幕僚，但心中治国抱负一直未变，待再回长安应试，登科时已年近六旬。

在此期间，他的作品多为诗歌，如长篇乐府《秦妇吟》："华轩绣毂皆销散，甲第朱门无一半"，"内库烧为锦绣灰，天街踏尽公卿骨"，写战争乱离，写民间疾苦，风格厚实沉郁，洋洋数千言，可为丰碑。

后期仕蜀。

唐朝灭亡后，历史进入五代十国时期。韦庄被前蜀皇帝重用，官至宰相。这一时期的创作，主要是词，部分词作收录于《浣花集》。在秀丽富庶的天府之国，枕山水入梦，暖美酒入肠，居住于浣花溪畔，草堂的好风好雨轻拂每一个日子，再老的年纪，也难免再生出一颗春风沉醉的心来。于是，他写少时风流，写深闺愁怨，无不情深语秀，犹如飞花扑入我怀。

譬如这一阕《应天长》。

槐，通"怀"，在诗词中的意象，常指相思、怀念。蜀国多槐树，蜀国也多佳人。蜀国女子本就美丽多情，仿佛被那槐荫一照，便格外地娇媚解语起来。

"何处游女，蜀国多云雨。云解有情花解语，窣地绣罗金缕。妆成不整金钿，含羞待月秋千。住在绿槐阴里，门临春水桥边。"

见词如晤。潮湿的深院，低垂的画帘，幽静的绣屏。春天的正午，佳人的肌肤会散发出香味，伴着一缕沉香，几点胭脂，半枕远梦，数声莺啼，全都潆绕在绿色的草木芳馥中。

碧云无定，画楼音信断。望穿一夜又一夜的绿窗风雨，也盼不来他的一纸归期。她是憔悴的，亦是沉默的。临水的美丽惆怅里，带着微微的怨。断肠君信否？风月不知心里事，只余相思，如同雨后的槐荫，郁郁葱葱，一味地疯长。

听《相思已是不曾闲》，就有这种湿答答的绮靡。

20世纪80年代流行的老歌，却依然有令人梦魂错身的魅力。一声幽怨的二胡抛出来，像台上戏子未开唱之前抛出的那一截月白色水袖，好一个缠绵缱绻，随手带出的风中，依稀还有花枝摇窗，风铃叮咚。

"说情说谊，说海天那边的消息，说奔向南方无穷无尽的心意。海比天高，恩比山高。怎奈春雨把尘埃都化作软泥，怎奈后园花枝又都高过竹篱。叮当的风铃代替了檐溜点滴……相思已是不曾闲，更哪得工夫咒你。"

歌者的声音也是极梦魅，极幽艳的，寂寂的婉约，好像浓缩了一个时代的多情。亦似《白雨斋词语》中赞韦庄的句子——似直而纤，似达而郁。

或许，她本身就是一支情歌。看她的照片，更是无端的迷人，带着金属质感的南洋风味，海藻一般的长发，眼神深而潮，仿佛装着无尽的春愁与秘密。

再细听，便发现这首歌的歌词灵感，是来源于一首老词。

没有作者名字，没有具体年代，唯一的信息只有："蜀国伎人，疑为宋辽时期。"

说盟说誓，说情说意，动便春愁满纸。

多应念得脱空经，是那个先生教底？

不茶不饭，不言不语，一味供他憔悴。

相思已是不曾闲，又那得工夫咒你。

我以相思自缚，但我甘心为茧。

真是令人心疼到叹息。

而这样的相思、痴怨和宠溺，放在蜀地的绿槐阴里，又凭空多了几分聊斋的味道。

只疑是哪朝哪代哪只动了凡心的妖，幻化成娇柔的美人，知晓了从未有过的盟誓与情意，又终被人世所负。伤了心的妖，再看那湖光山色，看那春月烟岚，竟也是如那男人心一般，参不透了。

白居易也是爱槐人。写槐之作，仅保存下来的就有十余首。暮年之时，他退避了政治纷争，诗歌也写得越发疏淡：

"黄昏独立佛堂前，满地槐花满树蝉。"

"薄暮宅门前，槐花深一寸。"

"槐花满院气，松子落阶声。"

"人貌非前日，蝉声似去年。槐花新雨后，柳影欲秋天。听罢无他计，相思又一篇。"

每一句，都如此惊才绝艳。

那些古旧的蝉声，一声一声直催人老。而诗意到底是贯穿了衰老的无趣，寂寞时挑灯赏槐，在花开花落中，煮尽了相思与时间。

当然，槐花开起来，是非常美的。

在一树槐花下听蝉鸣，听莺歌，听风雨，听相思，又有谁，会舍得轻易老去呢？

我的老家多槐树。

李时珍在《本草纲目》中写道："槐之生也，季春五日而兔目，十日而鼠耳，更旬而始规，二旬而叶成。"

槐树叶刚长出来，像睁开的兔眼睛，小小的椭圆形，绿得鼓胀。再过一段，就像老鼠耳朵了，放在嘴里吹，能发出清脆的"哔哔"声，很是欢快。

依稀记得，槐花开的时候，天气也跟着热起来了。槐花里孵出了一树一树蝉声，隔着村子咝咝而唤。有月亮的晚上，院里的人会聚在晒谷坪的老槐树边闲话家常，大蒲扇一摇一摇的，槐花香也一摇一摇的。蝉声把夜色衬得格外干净，时间也知趣地慢下了步子，蹲在影子里，像一只打盹的猫。

不过，我儿时很怕一种小虫子，名曰吊死鬼，拉着长长的丝，又湿又黏，最喜欢荡在槐树上。我去摘槐花，它们就趁机爬到衣服里，经常吓得我哇哇直叫。

刚从树上摘下来的槐花有甜香，在水中泡一下，更是显得晶莹透彻，像一群乳白色的蛾。

晌午时分，太阳光线没过了门口的石头，母亲就开始引火为炊。父亲抽着水烟筒咕噜咕噜响，墙角老猫的肚子，也是咕噜咕噜响。一只母鸡还在檐角"咯咯咯咯"，它刚下的鸡蛋就已经和着槐花摆上了桌子。

如此搁笔怀想，多年前槐花炒鸡蛋的香味，依然惹得我口水悠悠。

那是乡思。

客路客路何悠悠，蝉声向背槐花愁。

槐香，怀乡，此间似有血脉之亲。

相思不曾闲,地载万物,低头思故乡的情意,亦不曾空闲过。

而静坐于一株老槐下，只待枝头的蝉声一起，上千年的光阴，就可以那般任风吹去……

樱花落尽阶前月

樱花落尽阶前月，象床愁倚薰笼。

远似去年今日，恨还同。

双鬟不整云憔悴，泪沾红抹胸。

何处相思苦？纱窗醉梦中。

——李煜《谢新恩》

【今译】

樱花落尽了。石阶前，月光如水。象床在侧，斜倚薰笼，愁绪绵绵。

去年今日，是你离去的日子，一年来，我的怅憾丝毫没有消减。

我无心梳妆，秀发失去了光泽，眼泪打湿了红抹胸。

何处相思最苦？当是那纱窗下，醉梦中。

　　那是一个潮湿而古老的春夜，泪水打湿了月光，花香为相思做指引，苔衣攀爬的玉阶上，樱花漫天旋舞。

　　红颜未老恩先断，斜倚薰笼坐到明。那断的恩，对她，是未老先竭的生命，于他，是无福共享的时光。

象牙床，博山炉，龙涎香，再多的富贵流金，也无法换来上天的垂青。她双鬟不整，病容憔悴，令他睹之心碎。只有午夜梦回时，她似乎还是初见模样。

人生七苦之一，便是爱别离。他愈是回忆，就愈是痛彻肝肠。但他也情愿饮着这苦，为相思老去。

往昔何夕，纱窗醉梦，樱花飞雪，伊人与恩爱，尚在眼前。

李煜词中的女子，正是大周后，是他生命中最爱的女人。

大周后是南唐元老周宗之女，生于公元936年，比李煜大一岁，本名周宪，字娥皇，生得玉貌花颜，又晓书史，精音律，且能歌善舞，尤以琵琶见长，可谓才貌双绝，集天下女子灵气于一身的真真尤物。

南唐宫中珍藏有"烧槽琵琶"，视为国宝，被中主李璟赏赐给了娥皇，作为她与六皇子李煜的定情之礼。

李煜十八岁娶娥皇为妻。李璟将一根红绳拴在两人手腕上，愿此天作之合，岁岁年年，恩爱久长。

史料中记载，李煜为人仁孝，善诗文，工书画，通音律，丰额骈齿，一目重瞳。意思是，他不仅有绝世的才情，还天生异相——有只眼睛内有两个瞳孔，口中还多一排牙齿。相传舜帝与项羽就有重瞳，周武王与孔子皆有骈齿，皆为圣人帝王之相也。

这便是命，与生俱来，容不得挣扎与逃离。

李煜本不是太子人选。东宫太子是他的长兄李弘冀。李弘冀为人猜忌严刻，所以，时为安定公的李煜从不参与政事，一来惧怕李弘冀猜忌，二来本就有山水田园之思。

一棹春风一叶舟，一纶茧缕一轻钩。

花满渚，酒满瓯，万顷波中得自由。

——李煜《渔父》

他写词表明心意，还给自己取号"钟峰隐者""莲峰居士"，希望用所言所行告诉世人，他心向山水，对帝位之争一点兴趣都没有。

但就在公元959年，李弘冀为巩固太子的地位，杀死自己的叔父李景遂后，不久便暴病而亡。

如此，命运之手一个轻轻挪移，就将有心栽花者换成了无心插柳人。

中主李璟封李煜为吴王，令其知政事，住东宫。公元961年，李璟迁都南昌，立李煜为太子监国，令其留在金陵。同年6月，李璟驾崩，李煜在金陵登基即位。

李煜即位之时，南唐已经是宋朝的属国，朝中多次入宋进贡，只求能偏安江南一隅。他虽有帝王之相，却无帝王之心。况且摆在眼前的局势，纵他有千般本事，亦无力回天。

"性骄侈，好声色，又喜浮图，为高谈，不恤政事"，百姓也对李煜积怨已久，朝廷内忧外患，奈何他生在帝王家。

若不是身处乱世，又身负安国重任，依照历史对他的另一番关于才情的记载，"才华横溢，据五代之冠"，应会被传为美谈吧。

那时的李煜，尚不知大厦将倾。

婚后的李煜与娥皇，有着相同的爱好与志趣，感情极为恩爱，可谓天造地设的一对璧人。

晓妆初过，沉檀轻注些儿个。向人微露丁香颗，一曲清歌，暂引樱桃破。

罗袖裛残殷色可，杯深旋被香醪涴。绣床斜凭娇无那，烂嚼红茸，笑向檀郎唾。

——李煜《一斛珠》

时间倏忽十年。

恩爱文字的余温尚未冷却，绣床上的气息尚未散去，宿命却比乱世更残忍。

娥皇忽染重病，卧床不起。李煜朝夕相伴左右，所有饮食均亲自照顾，汤药也一定要亲自尝过后才喂给娥皇吃，时常疲倦过度，便在床边和衣而睡。

祸不单行，娥皇病后，他们的儿子又夭折了。娥皇心痛如绞，随之病入膏肓，不久便含恨离世。

按照娥皇遗愿，李煜以中主所赐的那把烧槽琵琶，为她陪葬。

自此之后，他便自称"鳏夫煜"，写下多首感人肺腑的诗词，用来悼念亡妻。

娥皇死后，李煜娶娥皇的妹妹为妻，人称小周后。

相传他与小周后在娥皇去世之前就已陈仓暗度：

花明月暗笼轻雾，今宵好向郎边去。刬袜步香阶，手提金缕鞋。

画堂南畔见，一向偎人颤。奴为出来难，教君恣意怜。

——李煜《菩萨蛮》

但我宁愿相信，李煜对两个女人都是实意真心。两份感情，如同他的目中双瞳一样，奇异又妥帖地安放在他的身体里，并与他的生命同在。

然而即便是这样，生在乱世之中的爱情，又有多少分之一，能够得到善终？亡国也好，受辱也罢，只要两两相对，日子一分一秒，都是奢侈。

公元974年，宋太祖赵匡胤南下攻打金陵。城破后，李煜被俘到汴京，封违命侯，开始了他被软禁的生涯，日日以泪洗面。宋太宗即位后，又进封其为陇西郡公。

春花秋月何时了？往事知多少。小楼昨夜又东风，故国不堪回首月明中。

雕栏玉砌应犹在，只是朱颜改。问君能有几多愁？恰似一江春水向东流。

——李煜《虞美人》

公元978年七夕，李煜四十二岁生日那天，宋太宗赐牵机药将其毒毙，死后追封其为吴王，葬于洛阳邙山。

同年，小周后去世，与李煜同葬。

月明不堪回首，李煜的愁，绵绵不绝千年，从丧妻之痛，变成了亡国之恨。

于是此后，这世间，再也无人来跟娥皇说相思，再也无人来叹一声，樱花落尽阶前月。

最是人间留不住，朱颜辞镜花辞树。

樱花落，离枝玉阶，一地雪。

暗香浮动月黄昏

众芳摇落独暄妍，占尽风情向小园。

疏影横斜水清浅，暗香浮动月黄昏。

霜禽欲下先偷眼，粉蝶如知合断魂。

幸有微吟可相狎，不须檀板共金樽。

——林逋《山园小梅·其一》

【今译】

百花落尽后只有梅花绽放得那么美丽、明艳，占尽了小园。

小园有池水，水不深，且清澈。水边梅枝疏落，横斜着探向水面，投下倒影。黄昏后，梅花的暗香在月光下浮动。

白鹤想要下水，会先偷偷地窥看四周，若粉蝶知道冬日有梅，怕是要黯然销魂。

幸运的是，我可以吟诗，可以与之亲近。拍檀板唱歌，与人饮酒作乐，那些事情我毫无兴趣。

《枕草子》言，冬天是早晨最好，在下了雪的时候可以不必说了。

148

要林逋说，冬天是月夜最好，在梅花开了的时候可以不必说了。

"疏影横斜水清浅，暗香浮动月黄昏"，有此一句，好似这千百年间写梅的句子皆失去了颜色。

那是江南的梅，孤山的梅，林逋的梅。

黄昏后，月光落满江南，落满孤山，落满林逋的园子。园子里能看山，能听水，无雪，却雪意弥漫，或许是梅花的清香吧。带着雪意的香，浮在空气里，清澈的月光，浮在眼波中。

那样的月夜，满山空寂，一个人，一樽酒，园子里的梅花都是知音。

但林逋告诉世人，他要以梅为妻，以鹤为子。

林逋性情孤高，喜好恬淡，不趋荣利。宋真宗闻其名，赐粟帛，并诏告府县存恤之。林逋虽感激，却不以此骄人。时常有人劝其出仕，均被婉言谢绝，并自谓：吾志之所适，非室家也，非功名富贵也，只觉青山绿水与我情相宜。

山水，便是他的富贵，他的室家。

早年间，他泛舟五湖，漫游江淮之间，中年后隐居杭州西湖，结庐于孤山，从此不仕不娶，布衣终身。在孤山上，他植梅树，养仙鹤，自得其乐。

每次棹舟出游，林逋都会折花一枝，去与湖间诸寺的高僧诗友谈经唱和。若有客至，童子放鹤而飞，孤山主人便会见鹤而归。

看《林逋携鹤图》，画卷中的林逋坐在梅树下，梅枝清瘦而遒劲，梅朵正在吐蕊，那是来自梅树骨子里的香。林逋白衣侧卧，握卷在手，手指骨节线条隽秀。他与鹤对视，面露温和之意，甚是孤清，亦甚是满足。那鹤，极为空灵，一双瘦足支在粼粼水泊里，临风照影，风姿清奇。回望主人，眼神恋恋，细长如丝。

林逋不仅善诗，还工行草。他的书法瘦挺清劲，笔画轻盈翩然，如飞泉曲折破壁，劈翠穿云。诗作落在纸上，更是孤峭浃澹，字字生香。黄庭坚称之"高胜绝人"，观其字，可不药而愈，不食而饱。

"纤钩时得小溪鱼，饱卧花阴兴有余"，林逋用一首又一首的诗词记载着自己的隐逸生活。这样的日子，真是与仙人无异。

相传当时与林逋写诗唱和的娴雅之士中，就有范仲淹、梅尧臣，以及当朝丞相王随、杭州郡守薛映等人。王随与薛映敬重林逋为人，又极爱其诗作，时常去往孤山与之诗词相酬，清谈终日，并出俸银为之修建山宅。但林逋作诗从不留存，皆随就随弃。有人问他："何不记录下来以示后世呢？"他却说："我安于林壑之间，且不欲以诗图其名，更何况是后世之事。"

幸好得有心人窃记，才有三百余诗传世。这首《山园小梅》，便是其中之一。

后来，也有人言，林逋"梅妻鹤子"的真相，实际上并非全是其性情所致。

林逋死后，宋室南渡，杭州再次成为京畿之地。不久朝廷大兴土木，下令在孤山上修建皇家寺庙，山上原有宅田全部迁出，却独留林逋坟墓。世人猜测，或因林逋之名，或因触及风水，但这一点，已经无从深究。

时光辗转，南宋灭亡后，有盗墓贼掘开林逋坟墓，陪葬品竟只有一方端砚和一枚玉簪。端砚乃是林逋生前自用之物，而那只传奇的玉簪，分明是女子饰物，如此让他生死相恋，想来自有深意。

甚至有人猜测，这便是林逋选择归隐的真正缘由。因为还有另一首看似"闲情一赋"的小词：

> 吴山青，越山青。两岸青山相送迎，争忍有情？
> 君泪盈，妾泪盈。罗带同心结未成，江头潮已平。
>
> ——林逋《相思令》

长相思，相思长。

或许正是那一份刻骨铭心又爱而不得的感情，让他誓志不娶，灰心仕途，从此青山梅林，云水禅心，与尘世、与仕途、与爱情远远疏离。

李清照亦爱梅。

梅花好看，但梅词不好作。她填《孤雁儿》时，就曾写道：世人作梅词，下笔便俗。予试作一篇，乃知前言不妄耳。

> 藤床纸帐朝眠起，说不尽、无佳思。沈香烟断玉炉寒，伴我情怀如水。笛声三弄，梅心惊破，多少春情意。
> 小风疏雨萧萧地，又催下、千行泪。吹箫人去玉楼空，肠断与谁同倚？一枝折得，人间天上，没个人堪寄。
>
> ——李清照《孤雁儿》

李清照写这首词的时候，已经是迟暮之年，山河破碎风飘絮，身世浮沉雨打萍。她身如孤雁，寄居江南，纵然是梅花绽放的早春，她的一支笔，亦有掩不住的家国之悲，沉沉郁郁，秋气棱棱。

是谁在吹《梅花三弄》，惊破了春心？一曲三叠，裂石流云，高声弄，低声弄，游声弄，怎不惊煞心神。

道人还了鸳鸯债，纸帐梅花醉梦间。此情此境，折得一枝寄，亦无赏心人。

曾经，她与他在梅树下共金尊，饮绿蚁，玉瘦香浓，凭栏沉醉，明月玲珑。而如今，人间天上不相逢，再也不能瑞脑金兽薰被暖，不能同倚玉楼共吹箫。唯有风雨潇潇，笑我簌泪，只余孤月相照，夜凉如水。

《红楼梦》里，有一回是"琉璃世界白雪红梅"。

写的是薛宝琴披着凫靥裘站在山坡上遥等，一个丫鬟抱着一瓶从妙玉处乞来的红梅，衬在她身后。

贾母喜得忙笑道："你们瞧，这山坡上配上他的这个人品，又是这件衣裳，后头又是这梅花，像个什么？"

众人都笑道："就像老太太屋里挂的仇十洲画的《双艳图》。"

仇十洲笔下的仕女，皆是神采飞动，精丽清逸，真是艳啊。

人说此一回，乃是曹公埋下的伏笔，暗示最后唯宝琴命运独好，那大观园里的人和事，全落了个茫茫大地真干净。

知晓了结局，再回头来看这一章，望着那红梅，只觉红得似血，美得刻骨，香如锋利的刀，笔笔都是芳馥的冷意，艳丽的苍凉。

到了清代,顾贞观给纳兰容若寄信,写到江南梅,落笔便是:
一片冷香唯有梦,十分清瘦更无诗。

那样的孤清冷媚,纳兰自是懂得。懂得美好到了极致便成了梦幻,成了可望不可得的风月,纵是语尽,也不能绘其神色。

梅词不好作,是因为梅花本性孤清,与世疏离,世人偏又人人爱之,人人写之,人人画之。

而我等俗人,竟然爱也不是,不爱也不是。

还记得那年在岳麓山看梅花。是个暖冬,太阳出奇的好。山脚边,溪流潺潺汇入小池,几树梅花,留下古意盎然的倒影。有风来,花瓣簌簌飘落,轻叩手心。

我围着梅树,表面不动波澜,心里却是起伏不已,涌起久别重逢一样的欣喜。

那寿阳公主,曾是用怎样的姿势,卧在宫阶上,让风中的梅花落上她的额头?那千古妖娆的梅花妆,惊艳了一页历史。

不禁在树下发了一个年代远长的呆。

想那隋代开皇年间,一个叫赵师雄的人游历罗浮山,在冬夜的客栈里,梦见一位美丽脱俗的女子,浑身芳香袭人,言语温柔至极,与他一起饮酒畅聊。又有一位绿衣童子,在一旁轻歌曼舞,极尽欢乐。后半夜,赵师雄在醉意中昏昏入睡。第二天,他在天将发亮时醒来,却发现自己睡在一棵大梅花树下,树上有翠衣鸟儿正在欢唱。原来梦中女子就是梅花仙子,绿衣童子就是翠鸟,而这时,月光相照,星子横斜,梦已消逝,独余赵师雄对着夜色,惆怅不已。

这个故事亦是浪漫得有些幽清。

人们喜欢这个故事，就如同喜欢梅花一样。多年后，依旧能从许许多多的文人墨迹中，嗅出点前尘往事的旖旎端倪来：

"一剪梅花万样娇。斜插梅枝，略点眉梢。轻盈微笑舞低回，何事尊前，拍手相招。夜渐寒深酒渐消。袖里时闻玉钏敲。城头谁恁促残更，银漏何如，且慢明朝……"

而我只是荆钗布裙的平凡女子，任凭在梅树下卧老了年华，也不会有三弄笛声，惊破梅心，不会有一点花瓣，吻上额来。

只有眼前的疏影暗香，如此真实，触手可及。

茫茫山间，无雪可踏。坐在青石上，看橘子洲泊在江心，身边行人如织如潮，我想起里尔克的话："美的本质不在其作用当中，而在其存在当中。"

是，你看这是梅，我看这是一片岁月。

香气浮动在鼻翼周围，如时间的洪流化作清冷的水珠滴落心头。

风吹过我，水映照我，我存在其中，如同诗里的一个词语，历史中的一粒微尘。

大隐隐于市，小隐隐于野。曲终人不见，江上数峰青。

对酒当歌，人生几何

伫倚危楼风细细。望极春愁，黯黯生天际。草色烟光残照里，无言谁会凭阑意。

拟把疏狂图一醉。对酒当歌，强乐还无味。衣带渐宽终不悔，为伊消得人憔悴。

——柳永《凤栖梧》

【今译】

伫立高楼，倚靠栏杆，柔风拂面。

望不尽春光与离愁，黯然心事，像沉沉的暮色自天边而来。

残阳下，草色如烟。倚栏而立，心事无法诉说，也无人懂得。

这狂放的心事就用来下酒吧，但求一醉。

饮酒本当高歌，但强颜欢笑有何意思？

我日渐消瘦，却始终不会后悔，是因为想念她而憔悴。

　　《凤栖梧》这个词牌，也叫作《黄金缕》《鹊踏枝》《卷珠帘》《一箩金》，但我最喜欢的是它的另外一个名字：《蝶恋花》。

　　"翻阶蛱蝶恋花情，容华飞燕相逢迎。"因为南梁简文帝萧纲这一句诗，世间便多了一个美丽又悱恻的词牌。

那一天，他伫倚在高楼之上。春天的风，如细细的柔荑，拂过他清瘦的脸，也吹起心底一池愁绪。愁绪一波未平一波又起，于是他看山黯然，看水寡淡。

极目远眺。草色连天，铺地如茵，薄暮在夕阳下化作低垂的纱幔。柳陌上，一川柳絮如落雪，湖水边，细碎的花瓣离枝飞舞，落入春光深处。残照当楼，耳边燕子呢喃私语，或许正在生儿育女。远处似有人吹笛，笛声千回百转，越发摧人心肝。

他想疏狂一把，用酒来驱除痛苦，但痛苦是一支强劲的清醒剂，对酒当歌，不过是强颜欢笑。

如此日复一日，消瘦也不后悔，憔悴也心甘情愿。

《烟花记》里有"冤家"说："情深意浓，彼此牵系，宁有死耳，不怀异心，所谓冤家者一。两情相系，阻隔万端，心想魂飞，寝食俱废，所谓冤家者二。长亭短亭，临歧分袂，黯然销魂，悲泣良苦，所谓冤家者三。山遥水远，鱼雁无凭，梦寐相思，柔肠寸断，所谓冤家者四……"

如果爱情是一场业冤，那么相思便是最销魂的鸩酒。奈何她是稔色人儿，可意冤家，他为她情深意浓，为她寝食俱废，为她黯然销魂，为她柔肠寸断，却甘之如饴。

世间任何事，最幸运的是心甘情愿，最不幸的也是心甘情愿。

在爱情里含笑饮鸩酒的人，又岂止柳永一个？

世人都说酒是好东西，开心的时候可以助兴，悲伤的时候可以消愁。

但柳永告诉我们，借酒浇愁，一点用处都没有。

从前总觉得古龙身上有柳永的气质，都好酒好美人，文字里有游侠气，有郁郁不得志的末路英雄气，也有醉眼看花的风流浪子气。

古龙在他的书里也说，酒并不是一种真正令人快乐的液体："你若问我，酒是什么呢？那么我告诉你，酒是种壳子，就像是蜗牛背上的壳子，可以让你逃避进去。那么，就算有别人要一脚踩下来，你也看不见了。"

如此说来，好似买醉的人，无非是情感的懦夫罢了。

然而放在文学的角度来说，情感的懦夫，极有可能成为文字的王者。

是幸运还是不幸？

政治上的王者曹操，曾在一次宴会上举杯邀明月，写下《短歌行》，一表他求贤若渴的心意与一统江山的壮志。

对酒当歌，人生几何！譬如朝露，去日苦多。慨当以慷，忧思难忘。何以解忧？唯有杜康……

乱世之中，再多的忧伤与苦痛，经过纷乱的马蹄一践踏，也不过是卑微的尘灰，时间的风一吹，就散了。

人生苦短，唯有杯中岁月长。

在《短歌行》里对酒当歌的曹操彼时已经击溃了最大的敌人袁绍，统一了北方，并自任汉朝丞相。率领八十万大军南下攻打东吴，他胜券在握。

那一个月圆之夜，伫立船头，曹操是用酒气拭戟、志在天下的枭雄。

而在《凤栖梧》中对酒当歌的柳永，却是求取功名不成，伫倚在异乡楼台上，想要到醉乡躲一躲的落魄书生。

酒是曹操的帝王梦，是柳永的蜗牛壳。

到底是不疯魔不成活。

如果说，"衣带渐宽终不悔，为伊消得人憔悴"是柳永的疯魔，那么"山不厌高，海不厌深。周公吐哺，天下归心"就是曹操的痴狂。

曹操深知成就霸业必须广纳良才。一员猛将，一位贤臣，即可抵得十万精兵。他也的确爱才如命，恨不得将天下良才尽收囊中。

所以，柳永的忧思是爱而不得，以进为退。曹操的忧思，本质上其实是滚滚流逝、永不回头的时间。

毕竟赤壁之战时的曹操，已经是奔向花甲的人了。

人生真是譬如朝露啊。

幸而有诗词，可以成为历史之河里的金沙，也可以成为打捞金沙的那双手。

从诗词赏析的角度来说，柳永这一首《凤栖梧》，可以说是将一腔春愁写得曲径通幽又缠绵迤逦，结构精致，意蕴深醇，无愧《乐章集》名作。

那一句"衣带渐宽终不悔，为伊消得人憔悴"，被王国维在《人间词话》中列为"三种境界"的第二境之后，这首词更是声名大噪。

王国维称，古今之成大事业、大学问者，必经过三种境界。

第一境为"昨夜西风凋碧树。独上高楼，望尽天涯路"。

第二境为"衣带渐宽终不悔，为伊消得人憔悴"。

第三境为"众里寻他千百度，蓦然回首，那人却在，灯火阑珊处"。

第一句，取自晏殊的《蝶恋花》，人生如登楼，志当存高远。

第二句，是深入其中，上下求索，不畏艰苦，心甘情愿。

第三句，来自辛弃疾。指千锤百炼，才能领悟功到自然成的真谛，是为顿悟。

这三句话，本都是描写相思的词句，被王国维引到了哲学的领域之后，也可谓巧妙和妥帖。

爱情，本就与事业和学问一样，路漫漫其修远兮，相遇、求索、领悟，都需要一点痴一点狂。像执拗的非梧桐不栖的凤，像在花上寻找自己前生精魂的蝶。

只是，王国维当年阴差阳错将柳永的这首《凤栖梧》归在了欧阳修名下，以至此词后来还在欧阳修的《近体乐府》中昙花一现。

因为在王国维心里，柳永那些在烟花柳巷中写出来的词，实在难登大雅之堂。那么，如果他一开始就知道《凤栖梧》是柳永写的，还会不会将其引入那三重境界中呢？

柳色深深深几许

庭院深深深几许，杨柳堆烟，帘幕无重数。

玉勒雕鞍游冶处，楼高不见章台路。

雨横风狂三月暮，门掩黄昏，无计留春住。

泪眼问花花不语，乱红飞过秋千去。

——欧阳修《蝶恋花》

【今译】

深深的庭院有多深？且看那万千杨柳，浓密如云，重重帘幕，不计其数。

那是乘着香车骑着宝马的人寻欢作乐的地方。我登上高楼，也看不见那章台路。

暮春三月，狂风骤雨，把黄昏关在门外，也没有办法把春光留下来。

我含泪问花，可否不要凋零？花无言，只见花瓣纷纷飞过秋千。

　　我曾经居住的地方叫柳城。因为城中有河，河边多柳，小城的风韵里也多了几分婀娜。

　　柳色深深深几许？最是年年春水绿。河边烟柳滴翠的时候，春意在涟漪中浮动，也在眼波中浮动。那时的我，喜欢坐在水边的石头板凳上，吹着扑面不寒的杨柳风，回忆像一只小狗趴在我的身边，偶尔用它涩涩的粉红舌头，舔痒我的脚脖子。

我的家乡也有不少柳树。柳枝落地则活，最懂得随遇而安。

小时候常喜欢去池塘边的柳树上攀爬。池塘里的水非常浑浊，里面绿苔深深，水面便起了绿意。那株柳树生得却是可喜，枝条垂在水中，带着母性的温柔。柳叶的颜色也是极温柔的，若是夏日，就会有大个小个的蝉蹲在上面吵架。但母亲不喜我与柳树太亲近，夜色一深，她就会喊着小名唤我回家。她说那柳树上住着落水而亡的小魂，不太干净。我不信母亲的话，依旧去折下柳枝来，做一个又一个响亮的柳哨，奔跑在田畦上，长一声短一声地吹，嘴里潮润的柳木味道，能愉悦整个童年。

而在古代，柳枝，是用来别离的。

柳，留也。人生经不起一再告别，便只能托柳寄怀——当年插下的柳枝，如今已长成大树，可我行尽水远山长的过往，依旧鱼书欲寄难，不与离人遇。

"昔我往矣，杨柳依依。今我来思，雨雪霏霏。"

打开一卷《诗经》，杨柳依依，思绪也依依，只觉得人世的忧愁是那般的沉郁古雅，大哀，却不大伤，宛若鸿蒙初开，清亮无碍。

不禁感叹，远古的思，真的是可以无邪的。

李白写柳："箫声咽，秦娥梦断秦楼月。秦楼月，年年柳色，灞陵伤别。"

唐代时，长安灞桥上设立有驿站，是东去的必经之地。灞桥边植满垂柳，相传筑堤五里，载柳万株，人们在此折柳相赠，含泪惜别，于是年年柳色，黯然销魂。是以，灞桥又称销魂桥。

但大唐的销魂，也是极豪情的，掠过柳色，明月直入，无心可猜。

到了宋代，青青柳色落入庭院，便是深深深几许。

欧阳修的词本就清雅工致，承袭南唐余风，笔下闺情之作，更是深得花间情趣，幽婉诡丽至不可说。读这样的词，仿佛每一株烟柳里，都有一个重门深锁的闺阁，里面帘幕无数，乱红如雨，残月下的晓风一吹，就憔悴了铜镜中的朱颜。

李清照极喜欧阳修的这首《蝶恋花》，对其赞赏不已，称"予酷爱之"，后又拟数阕小词相和，皆以"庭院深深深几许"起句：

庭院深深深几许，云窗雾阁常扃。

柳梢梅萼渐分明。

春归秣陵树，人老建康城。

当时宋室南渡，易安身如飘萍，感月吟风多少事，谁怜憔悴，谁怜凋零，想来还是闺中人最懂闺中愁。

而欧阳修词中的女子，还在幽深的重门内等着，在暮春的光阴里盼着，落花一瓣一瓣纷飞，年华一寸一寸老去，眼泪一滴一滴熬干……"玉勒雕鞍游冶处，楼高不见章台路"，奈何郎心如铁，比时光的流逝更无情。她忆起曾与他在柳枝下许下的日久天长，竟有隔世的虚妄。

"章台从掩映，郢路更参差。见说风流极，来当婀娜时。"

《太平广记》中有一章《柳氏传》，写的就是章台柳。柳枝背后掩映着的，是极致的风流，也是一个情深义重的传奇故事。

天宝年间，"大历十才子"之一的韩翃与长安李生是好友。韩翃颇有诗名，却怀才不遇，在京滞留。李生家富且爱才，待韩翃极好。李生有一美妾名曰柳氏，性格温柔，歌舞才艺俱佳，亦暗慕韩翃。

一次家宴后，柳氏歌毕，便退于门后偷偷打量韩翃。遂又对身边的侍者说道："我猜韩夫子定不会长期贫贱。"

盛唐的风气也真是飒爽敞亮。柳氏这话，想来是说给李生听的。她相信自己的眼光，所以，她愿意冒险为以后的幸福赌一把。

对于朋友情谊，李生果然是无所吝惜。知晓柳氏心意后，他决定成人之美。而对于柳氏，他自然也是喜爱的，但是，既然不能给她一份爱情，那就不如给她一份恩情。

他把韩翃单独请到家中，酒酣之时，对韩翃说："柳夫人容色非常，韩秀才文章特异。欲以柳荐枕于韩君，可乎？"

韩翃听罢，先是惊之诧之，后是惶之恐之。李生赠他衣食已久，本就恩情如山，如今，他尚未报答且不说，又岂能夺人所爱？

倒是那柳氏，恭恭敬敬地拜谢了李生，旋即又大大方方地拉了韩翃的衣袖，引他到席间并坐，眉目之间，尽是新娘的娇媚与贞静。

从此之后，她只想做韩翃一个人的卿卿柳色。

韩翃与柳氏婚后，李生又赠予了他们三十万钱，用以助其安家求仕。这对新人亦不负李生恩德，相敬如宾，励学进取。

第二年，韩翃进士及第，却因不舍家中娇妻，迟迟不肯去赴任。柳氏的见识与气魄再一次打动了韩翃。

"岂宜以濯浣之贱，稽采兰之美乎？"十里长堤，她折一枝柳与他依依惜别，"男儿之志，远在四方，为国建业，方才是使命，为妻自会在家待君归来。"

谁知韩翃这一去，就断了消息。

柳条折尽花飞尽，借问行人归不归。过了一年，家中钱财已所剩无几，柳氏便只有靠典卖首饰维持生活，终日望眼欲穿。

不久，安史之乱爆发，局势动荡，京城男女老少皆仓皇奔逃。柳氏自知貌美绝色，恐无法幸免于难，便索性剪去头发，用锅灰涂抹脸庞，寄居在法灵寺里。在此清净一隅，她日夜祈祷，希望良人平安，希望乱世里的爱情，可得佛祖庇佑。

几年后，韩翃辗转军中做了一名幕僚，待肃宗皇帝收复京城，时局得以稳定后，他立即差人去寻访昔日爱妻，并附上一个装有碎金的白色丝袋，上面题诗道：

章台柳，章台柳！昔日青青今在否？
纵使长条似旧垂，亦应攀折他人手。

可怜杨柳伤心树，可叹桃李断肠花。柳氏捧着金子啜泣不已，念及几年的痴心等候与苦心保全，她是又喜，又忧，又凄，又悯。于是，提笔答之：

杨柳枝，芳菲节，所恨年年赠离别。

一叶随风忽报秋，纵使君来岂堪折！

即便人心有误，身处乱离，也没有谁去忍心责怪。若还有恨，就恨这世事的残缺，就恨这生存的不易吧。

是时，有番将沙吒利，不知从何处探知了柳氏美色，便强行把柳氏劫回府第，宠之专房。柳氏整日以泪洗面，哀叹命运真是半点不由人。而韩翃至京师后，得知已失柳氏，当下泣然，一时神魂俱散。

韩翃在郊外偶遇柳氏，柳氏坐在车中，碍于同车之人，她只能轻声约他第二日相见。

她想，他们之间，应该需要一次完满的告别。

翌日，她送了他一个玉盒，含泪颤声说道："当速永诀，愿置诚念。"然后就消失在了车马萧萧中。

泪眼问花花不语，乱红飞过秋千去。或许是上天相怜，太情深的故事，连故事中的人也会被感动。

这时一个叫许俊的人出现了。他是一名武将，英勇而热忱。听说韩翃与柳氏的故事后，当即让韩翃写下书信，快马加鞭直闯沙吒利宅第，救出了柳氏。后又将事件经过禀明皇上，沙吒利便只得将柳氏归还。

柳色又青，人心又圆。

柳色深深深几许？

从此，春城无处不飞花，寒食东风御柳斜。

那清风吹来史册深处的故事，至今还停留在柳树枝头，倾诉着生死契阔，与子成说。

微雨过，榴花开欲然

绿槐高柳咽新蝉，薰风初入弦。碧纱窗下水沉烟，

棋声惊昼眠。

微雨过，小荷翻，榴花开欲然。玉盆纤手弄清泉，

琼珠碎却圆。

——苏轼《阮郎归·初夏》

【今译】

初夏，槐树投下浓荫，高大的柳树上，蝉鸣忽而低沉。有人将
一曲《南风》谱入管弦。

碧纱窗下，沉香袅袅，闲敲棋子的声音惊醒了午睡的人。

微雨过去，小荷被清风翻动叶片，榴花已开得火红，仿佛要燃
起来。

她用纤纤素手不断拨弄盆中的清泉，溅起的水珠犹如颗颗珍
珠，碎开后，又变成更小的珍珠。

一首好的诗词，令人心动之余，肯定还能带来各路的感官
享受——视觉、听觉、嗅觉、味觉，甚至触觉。是怎样的好呢？
或许正应了那句，真正的喜爱，是伸出又收回的手。

古槐，高柳，树影苍翠浓稠，似乎挤一下就能滴出汁液来。绿荫流动，湿答答地一直探到屋子里去。碧纱窗，博山炉，房间里点一盘心字香，迷醉的水烟漾绕于帘幕枕簟之间，经久不散，仿佛千年之后，隔窗路过，还能迷醉人的心肠。

蝉在地下蛰伏十年，才换得在树梢筑巢而居的数十天光阴。在树上，它们成了新蝉，每一天的日子，都是对光的礼赞。它们先在树叶里试探着发出声响，然后再是一大片一大片地连接起来，好像用声音织了一张细密的网，整个季节都被收拢在里面。若有人语，嗓音稍稍大了些，那些蝉声就会漏了网似的戛然而止，但只需半响，又重新续上——好似那张网，被谁迅速无缝地补上了，继而又是高一声低一声地唱起来。

南风之薰兮，可以解吾民之愠兮。

南风之时兮，可以阜吾民之财兮。

——佚名《南风歌》

风日清媚。树荫下，有人轻唱《南风》。

曲过五弦，烟水迷蒙，谷物生香，上古的情意微微升腾。人间一派太平静好，南风拂过，岁月清平。

亦有人博弈。黑白对峙之间，有人步步为营，精心攻占一座城池，有人半响大意，转瞬丢失半壁河山。以心为战场，上演的是没有硝烟的战争，全力以赴，半点不敢松懈，连同呼吸。

不闻人声，时闻落子。对弈者屏息而战，嗒嗒的落子之声却如门扉上的屈指小叩，时缓时疾，清脆有力。

惊醒了深闺小睡的她。

初夏的女子是即欲入眠的小青花蛇。温凉的皮肤，炽热的内心，依恋深闺里的绣花小枕，鸳鸯被衾，眼神慵懒靡丽，迷死个人。

微雨之后。天空明澈，倒映出小池中的藕风轻摇，圆荷泻露。美人理云鬟，整花钿，玉盆纤手弄清泉。

"猩血谁教染绛囊，绿云堆里润生香。游蜂错认枝头火，忙驾薰风过短墙。"

是为初夏。

初夏的榴花开起来，有着春梦般的质地。

想起《红楼梦》对贾元春的判词：

二十年来辨是非，榴花开处照宫闱。

三春争及初春景，虎兔相逢大梦归。

榴花开时，贾府风光至上，奢靡如梦，恰似鲜花着锦，烈火烹油。榴花谢后，荣宠不再，厄运接踵而至。元春的花期过了，贾府的富贵就败了。

而在灰烬中重溯过往，所有的大喜大悲，荣华空寂，都不过是花开花落的红楼一梦。一炬寒灰冷，往昔徒然空消逝，真是深深切切的悲。而大梦归时，身亦如露如电，大彻大悟之余，是忘言。

我居住的小巷有榴花。

一座几近荒废的老宅子，门前植有一株石榴树，年年抽枝，树冠已至二楼。每年榴花谢后，会生出一个一个的石榴果子，毛桃一样的吊在枝丫上。果子结得多，因为没有人打理，总是没来得及发育开，就早早地被虫吃掉了。却丝毫不影响开花。榴花绽放时，开得欣欣然，阳光是薄薄的金子，通体透明，落满人身。花光照亮老宅，那斑驳的窗棂里竟生出一派艳夭夭的气象，只觉得莫名的动人。

时常有位独眼的老者在那树下静坐。

光洁的拐杖挂在树枝上。他老了，满是皱纹，佝偻着，已是风烛残年。有次向他打招呼，他没能听清，但还是回了我。他说话漏风，干瘪的嘴唇一张一合，极有耐心地抬头幽幽回："你说什么呀，我的小姐姐？"

我心里猛然一颤。

我的孩子在他身边跳跃，笑声仿佛可以洒落到他的皱纹里。榴花在他头顶自顾自地开，如远走的年华一样恣意。阳光透过枝叶，带着神性的慈爱，抚摸他浑浊的独眼。那眼神里面，分明装了桑田沧海，却没有悲苦，没有欢欣，如同大梦归时，遇见永新的阳光，永新的花开，永新的生命。

近代有画家绘榴花，将花与果放在了同树同枝上。花是烈的，果是烈的，却感觉不到突兀和不妥。画中线条，忽明忽暗，忽静忽动，忽冷忽热，忽柔忽刚，每一笔都是自己的绽放。榴花自顾自地开，石榴自顾自地成熟、裂开——"果实星悬，光若玻础，如珊珊之映绿水"，也是各自有各自的绽放，在时间的湖水上，又可以互为星光与倒影。

在民间，榴花是植物五瑞之一。看过驱邪的钟馗像，戴一顶尖顶软翅纱帽，穿一身内红圆领蟒袍，束一条金镶玉带，踏一双翘头皂鞋，持一把青锋七星宝剑。特别有趣的是，他头簪一枝榴花，铜铃眼一瞪，榴花一颤，好似要吐焰一般，满纸红光，福气摇曳。

"夕雨红榴拆，新秋绿芋肥。"王摩诘在诗中如是写。

初夏的雨水，像榴花的花色一样饱满丰盈，肥过新秋的绿芋，明亮得能耀疼眼睛。榴花开欲然，亦清雅，亦祥瑞。蝉鸣，琴韵，绿荫下的落子之声，碧纱窗里的沉香的袅然之音，都将目睹一场花事，像见证生命中另一种喜悦的脆响。

我想，榴花定是和我一样，会比较喜欢这一类的身世与收梢。

因风飞过蔷薇

春归何处？寂寞无行路。若有人知春去处，唤取归来同住。

春无踪迹谁知？除非问取黄鹂。百啭无人能解，因风飞过蔷薇。

——黄庭坚《清平乐》

【今译】

春光去了哪里？无人与之同行，它已寂寞离去。

若有人知晓春光去处，请喊它回来与我同住。

谁知道春的踪迹？只能向黄鹂打听。

黄鹂鸣叫百遍，依旧无人明白。它便顺着风，飞过蔷薇去了。

　　春风如酒，夏风如茗。《清平乐》里的风飞过蔷薇，隔了千年，依然令人微醺。

　　同样令人微醺的，还有蔷薇这两个字。轻轻念起来，如同喊一个心尖尖上的名字，如此悦耳又唇齿留香。

　　但世间总有那么一个两个人的名字，是不合适大声说出口的。只能默念的名字，代表的是一场盛大的暗恋，春愁澎湃，都在心里潮起潮落。

《红楼梦》里有"龄官画蔷"。

端午节前夕，赤日当空，树荫合地，大观园里的蝉声此起彼伏，蔷薇花架下静无人语。只有清瘦的龄官，蹲在地上，用发簪一个一个地画着"蔷"字，满脸的眼泪。

宝玉路过花架，看着龄官的背影，不禁暗忖："这女孩子一定有什么说不出来的大心事，才这样个形景。外面既是这个形景，心里不知怎么熬煎。看她的模样儿这般单薄，心里哪里还搁得住熬煎？"

的确也是搁不住熬煎。龄官不过是贾府为了迎接元春省亲买来的小旦，她却偏偏爱上了贾蔷，宁国府的正派玄孙。龄官冰雪聪明，她又怎能不知，自己的身份连那些丫鬟都比不上，又如何能高攀得上金枝玉叶的贾府公子呢？她心头的那场暗恋，枝枝蔓蔓地抽枝，铺天盖地地绽放，其实都只是她一个人的事。

而龄官的眼泪也让宝玉明白，原来这世间女孩的眼泪，他贾宝玉并不能全得。那么，就让各人得各人的眼泪吧，弱水三千，他只取一瓢饮。

蔷薇花期绵长，可以从春暮一直开到初秋。春归何处，寂寞无行路。于是站在春天的蔷薇花下，念这样的诗句，便总是容易恍惚。当风吹过蔷薇，站在浓稠的花影里一回头，不远处会不会出现一个面薄腰纤、眼翦秋水的女子，流着寂寞的眼泪，用一支绾发的簪，在地上痴痴写恋人的名字？

牡丹宜肥，蔷薇宜瘦。单瓣的野蔷薇最是惹人怜爱。

连一向刻薄的张爱玲，写蔷薇花开，也是"那幼小的圆满，自有它的可爱可亲"。笔下是不经意流露的温柔。张爱玲心有猛虎，凌厉时笔锋若刀，气势逼人，极毒辣，又极俊逸，让人读得惊诧，又不得不叹服，于是心甘情愿沦陷。

木心在《素履之往》里写：野蔷薇开白花，古女子蒸之以泽发。

这句话也一度让我沦陷其中，不可自拔。倒不是因为野蔷薇花的精华有泽发的功效，而是那个场景和过程背后的审美与智慧，带给了我对古代难以言喻的浪漫想象。

古代还有一种叫"蔷薇水"的香，南唐张泌在《妆楼记》里记过一笔："昆明国献蔷薇水十五瓶，云得自西域，以洒衣，衣敝而香不灭。"古人还特意告诉我们，蔷薇水并不是从蔷薇花上采集的露水，而是一种类似于现代蒸馏提取蔷薇花精华的方法，以白金为甑，采新鲜的蔷薇花入甑蒸之，徐徐慢火，气化为水，水有妙香。如此屡采屡蒸，积之累之，最后得到的蔷薇水，洒在衣服上，就算衣服穿烂了，香气还没有散尽。

邓丽君的歌声里也有香气。听她唱蔷薇蔷薇处处开，闭上眼睛，就可以梦回 20 世纪 30 年代的上海，黑胶唱片转啊转，像流逝的青春。

"蔷薇蔷薇处处开，青春青春处处在……天公要蔷薇处处开，也叫我们尽量地爱……春天是一个美的新娘，满地蔷薇是她的嫁妆，只要是谁有少年的心，就配做她的情郎……"

邓丽君的声音甜蜜而柔曼，仿佛要把全世界的蔷薇都唱开。

那些蔷薇也真的是听见了，一朵一朵打开耳朵，一丛一丛打开身体，生怕下一刻就老掉了，败掉了，拼命一样地开起来，如恋爱中的女孩子，恨不得一夜妩媚倾城，可偏生还只是单薄的少女，青涩朴素，格外惹人疼爱。

春归何处？

寂寞无行路。

笔行至此，我心里的寂寞，也如蔷薇一样，一朵一朵地全开了。

一一风荷举

燎沉香，消溽暑。鸟雀呼晴，侵晓窥檐语。叶上初阳干宿雨。水面清圆，一一风荷举。

故乡遥，何日去？家住吴门，久作长安旅。五月渔郎相忆否？小楫轻舟，梦入芙蓉浦。

——周邦彦《苏幕遮》

【今译】

点燃沉香，已消除潮闷的暑气。

鸟雀在呼唤晴天，拂晓时分，已在房檐下偷偷张望，啾啾"说话"。

夜间落在荷叶上的雨水被晨曦蒸发。

清澈的水面上，荷叶圆圆，一朵朵荷，被花茎托举着，在风中轻轻摆动。

想起遥远的故乡，何日才能归去？

我的故乡在吴地。久居长安，我只是一个旅人。

如今已是五月，故人们会不会想念我？

只能在梦中驾一叶小舟，与他们相聚于故乡的荷塘。

——风荷举。一朵一朵的荷花开了，开在一朵一朵的风中，一朵一朵的香，像波浪，像雨，像温柔又颤动的心。

雨送浮凉夏簟清。

那是一个夏日的清晨，北宋的汴京城中，夜色与雨水已一齐退去。小楼上，沉香尚未燃尽，幽香氤氲在室内，如小鸟的绒毛一般轻柔，可拂去潮湿的暑气。他瞥了一眼窗外，屋檐上停满了鸟雀，它们口衔晨光，欢悦地跳跃鸣叫，迎接新的一天到来。

他出门看荷。看一池的清风与烟波，心中乍起圆荷泻露的乡愁。冉冉朝阳下，荷花开了，以娉婷的姿态，在阳光下点缀着一湖碧绿。隔夜的露水开始慢慢蒸发，仿佛还带着荷叶的香气。那样的香气，让他想起江南故乡，于是眼睛里泛出了蒙蒙的雾气。

千里羁旅，不知何日是归期。

周邦彦是钱塘人，从小在荷塘边长大。荷花，就是他的乡愁。这首《苏幕遮》是他早期的作品，尽管是写乡愁，但笔下尚未沾染过多的悲悯与沉郁，填起词来，还有着少年一般的婉约与干净。

王国维在《人间词话》里打了一个比方，说是如果把宋词比作唐诗，那么苏轼就是李白，柳永便是白居易，欧阳修和秦观就是宋代的王维，杜甫是谁呢？两宋之间，一人而已，他自然就是宋代的杜甫——周邦彦。

周邦彦的这首《苏幕遮》，在写荷花的诗词中，清圆的气息，甚至可以孤篇压两宋。

扬州八怪之首的金农亦是钱塘人。

他笔下的荷花，古雅拙趣，甚是可爱，如他的诗：

荷花开了，银塘悄悄。

新凉早。碧翅蜻蜓多少？

六六水窗通，扇底微风。

记得那人同坐，纤手剥莲蓬。

——金农《题荷塘忆旧图》

一首自度的小曲子，被金农用他独创的漆书题在画上。漆书与画很是般配，内敛简洁，素雅灵动，又磅礴，又丰腴。

所谓漆书，就是以扁平的毛笔蘸以浓焦之墨，行笔只折不转，如同刷漆，写出来的字也是凸显在纸面上的。这种写法看似古怪粗俗，实则极需功底，笔下要有大气韵，内心则需一派天真。

像他笔下的诗词。

想那古今文人爱荷者甚多，写荷画荷者更无数，其中空灵高绝者有之，富贵祥瑞者有之，细腻唯美者亦有之，但让人内心无端亲近者，少之又少。张大千爱荷，被人称作"荷痴"。他笔下的荷，尽成了仙了，一朵一朵，全然不食人间烟火。

如此，再看金农的画，便越发觉得珍贵。

当然，有些怪癖的有才老头儿总是讨人爱的。更何况，他还是古人，狠狠爱一个古人是永远不会有危险的事。

于是，打开金农笔下的一朵荷，就像解开婴孩的襁褓，手一定是颤的。

荷花开了，花香里有纤手剥莲蓬的往事。赏荷的人老了，风吹起他脑袋后面的小鬏鬏，似乎在抚摩一个老小孩的秘密。

他悄悄地站在长廊里，望着一塘荷出神。

天地那么大，他在画中，就像画的落款。

荷花那么多，他站在荷的身边，就像荷的偏旁。

《浮生六记》的"闲情记趣"里有一段芸娘用荷香来熏茶的文字，写得也很是让人心动与欢喜：

夏月荷花初开时，晚含而晓放，芸用小纱囊撮条叶少许，置花心，明早取出，烹天泉水泡之，香韵尤绝。

其实，比茶香更绝佳的，是芸娘的心思。聪慧至此，真疑她心底有荷，一开一合，全是灵动。

宋代马兴祖画有《疏荷沙鸟图》，却是高远疏荡的荷之心事。原来，有一种特别的美丽时刻，叫作迟暮。

荷叶斑驳了，成了一页老旧的故事。花瓣落了，莲蓬不再娇羞。那一盏火炬一般的莲蓬，开在画面中，又寂寞又饱满地举着自己。里面的莲子坚定而骄傲，已经泛出了成熟的黑色。那茎，竟有了金属的质地，剥离了多余的水分，便越发坚韧起来。一只沙鸟停驻在荷茎上，扭头与一只蜻蜓对峙。它英俊极了，翘着长长的尾尖，就像一个不识字的烟波钓叟，傲笑着人间万户侯。

老去的荷花确实极有风味。看西湖残荷，就非常震撼。花凋零了，荷叶枯萎了，茎一根一根地支在水中，是那样的遗世独立，傲骨萧萧。

那是荷的暮年，在风霜的侵蚀中，诉说着岁月的古意，内心的留痕。

褪尽了红尘与繁华，无垢无染，荷就修炼成了莲，就得了禅意。

"看取莲花净，应知不染心"，心无挂碍，才能清净自在。

读这样的诗句，心也是虔诚的，仿佛在抵达一个莲花秘境，生怕有丝毫的亵渎。

齐豫在《莲花处处开》里唱着："一念心清净，莲花处处开。一花一净土，一土一如来……"歌声在耳边游荡，没了根似的，幽幽冥冥的气息能把整个人摇得浮起来。是在风中吗？婆娑的风中，我看不到一朵莲开。一曲终了，不知为何，我只感觉到迷途的怅惘。大抵是因为我心里有太多欲念，才会在这空寂与缥缈中找不到自己。

罢了，庸俗如我，禅意与清净始终离我太远。在这俗世中，便只能触摸着水可陶情、花可融愁的日子，遥遥观望，以退为进，然后，秋阴不散霜飞晚，留得枯荷听雨声。

第四卷

松花酿酒，春水煎茶

且借水为名

凌波仙子生尘袜，水上轻盈步微月。

是谁招此断肠魂，种作寒花寄愁绝。

含香体素欲倾城，山矾是弟梅是兄。

坐对真成被花恼，出门一笑大江横。

——黄庭坚《王充道送水仙花五十枝，欣然会心，为之作咏》

【今译】

洛水之神凌波而行，步履轻盈，罗裙沾满月光。

不知是谁招来如此忧伤的精魂，化作冬天盛开的水仙花，寄托人间至深的哀愁。

素雅的气质，清香的骨骼，倾城的容貌，应是山矾与梅花的亲人。

与水仙对坐，竟生水样的清愁。不如出门，笑看大江滚滚东流。

  若将文坛比作江湖，十八般武艺使十八般兵器，那么黄庭坚使的应该是冷艳锯吧。笔锋落在纸上，如刀锋划破月色，落在丝绸一般的江水上，粼粼波光抖动，冷艳而清凉，侧耳倾听，水底似有隐隐裂帛之声。

黄庭坚写的这首七律是友人之间对情义的咏唱，被纪晓岚评为"离奇孤矫，骨瘦而清逸，格高而力壮"，也像是在说他的书法。

诗书同源。黄庭坚文风幽玄，书法气息亦素亦艳。而"欣然会心"的标题，又让这首诗多了几分温情与可爱。

北宋建中靖国元年（公元1101年），五十一岁的黄庭坚奉召自四川贬所回湖北上任。在那之前，他深陷党争的旋涡，被贬蜀地数年。

是年冬，黄庭坚在荆州沙市候命，共写下了四首关于水仙的诗，足见他对水仙的喜爱。

在另一首诗中，黄庭坚说水仙是"借水开花自一奇，水沈为骨玉为肌"。在他看来，水仙是玉做的骨肉，雪做的肌肤，哪似人间之物？香气更是倾国倾城，只有那山矾与梅花可比。

梅花自古以来就是文人墨客的精神投射，那么山矾在黄庭坚心里为何有如此地位？

说起山矾，这种植物倒是跟黄庭坚缘分颇深。山矾树有数尺之高，叶子可以做染料，花期在春天，色白，味极香。当然在遇见黄庭坚之前，世间还没有"山矾"这个名字，那个时候，农人们都称其为"郑花"。有一次，王安石想要在家里栽一株郑花，并为其作诗，却又觉得郑花这个名字太过俗气，于是黄庭坚提议，郑花生长于山野之间，叶可以染黄，不借明矾即成色，而且花瓣呈半透明状，光泽似水晶，颜色也与白矾相近，不如就叫山矾吧！

多年后，黄庭坚的老乡杨万里也喜欢上了山矾，在诗文里说山矾是玉朵小花，简直香煞行人。

作为一名气味主义者，忽然有点遗憾，尚不曾闻过山矾的气味。但从山矾的相貌与生长环境来看，这估计是一种带着山野气息的花。山花在野，令人心生欢喜。

水仙的香气，我倒是闻过的。与蜡梅有点相似，却比蜡梅多了一分清气与内敛，似乎能感受到丝丝雪意。黄庭坚说水仙花的气味如沉香，要知道，在古代，沉香可是排在四大名香之首，后面依次是檀香、龙涎香和麝香。

当然人类的感官体验本就是非常私人化的，甲之砒霜乙之蜜糖，只因气味在本能之外，又是一种情感记忆的载体。

譬如黄庭坚收到荆州友人王充道送来的水仙花，与花久久对坐，在浪漫与欢喜之余，竟然忧伤了起来，觉得水仙是曹子建笔下的洛神，凌波微步，罗袜生尘，又觉得水仙身上有着屈原的诗魂。

人生得意须尽欢，人间失意的灵魂也终会相遇。

那些年，黄庭坚从一个贬所辗转到另一个贬所，尝尽了失意的滋味。在人生的暮色中，在水仙的香气里，他读出了曹子建浪漫主义之下的苦闷与愁绪，读出了屈原报国无门、沉石投江的哀莫大于心死。

曹子建写洛神的时候，已经彻底在世子之争中落败，他的对手成了他的君王，他也将沦为被屡次打击的对象。

而屈子大夫，则是生在了一个配不上他的时代。

"沧浪之水清兮，可以濯吾缨；沧浪之水浊兮，可以濯吾足。"江上的渔父懂得与世推移，随遇而安，这是美好的情操。

屈原宁愿投江而亡，也不愿被尘世所浊，这其实是理想主义者的洁癖。

扬州八怪中的汪士慎，也觉得水仙是洛神附身。他绘有《水仙图》，自题诗句为："仙姿疑是洛妃魂，月珮风襟曳浪痕。几度浅描难见取，挥毫应让赵王孙。"

赵王孙就是赵孟頫，在水仙面前，汪士慎突然不自信了起来。其实不是水仙难画，而是爱意难描。对于喜爱的事物，再自信的人也会心有不安。

就像水仙遇水即活，临水而开，本是非常接地气的植物，即便是搁在粗瓷碗里，也能如约而放。

但还是喜欢看老宅新花。三进深的宅子里，水仙用厚实的瓷盆养着，盆底铺满大大小小的卵石，绿莹莹的叶子长的俊逸，短的憨拙，连盆底的那些卵石也好像能听得懂人声，开花的时候，空气里都是时间的香气。如果有阳光照进来，白玉一般的花球隔着清水，映衬着花瓣的白，花蕊的黄，金盏银台，几近透明。雨天就更好了，雨声风声，水仙亭亭可爱又正大仙容，如美人如小儿如故友，如诗词如名画如文章。

"华容婀娜，令我忘餐"，令我忘世也是可以的。

有哲人说："假如你有两块面包，请用其中一块去换一朵水仙花。"

李渔被称为中华五千年第一风流文人，也是个十足的水仙迷。他不是"令我忘餐""以餐换花"，他是视之如命。

晚年时，他写下《闲情偶寄》，说戏曲，说花草，以寄托百转千回的贪嗔爱欲痴："水仙一花，予之命也。予有四命，各司一时：春以水仙兰花为命；夏以莲为命；秋以秋海棠为命；冬以蜡梅为命。无此四花，是无命也。一季缺予一花，是夺予一季之命也。"

李渔最爱金陵的水仙，于是干脆为水仙搬家，把家安在金陵。在他最潦倒的时候，没有钱过年，但水仙开了，他一样要买。

家人说他："你要克制啊，一年不看此花，也不是什么奇怪的事。"他振振有词："难道你们真要夺我的性命吗？我宁愿短一岁之寿，也不想减一岁之花。况且我从他乡冒着风雪回来，就是为了看这水仙花开的。不看水仙，不如不归，就那样留在他乡凄凉度岁。"

家人劝止不住他，便只有给了他首饰，让他去换那水仙花续命。

希腊神话中有一位美少年，他孤清高傲，对世间情感不屑一顾，却唯独爱上了自己在水中的倒影。为了时刻见到水中的幻美影像，他整日坐在湖边，痴心守候。而影像始终可望而不可即，他为此忧伤不已。最后，竟在湖边郁郁死去。

自我痴迷，也算是一种高贵的绝症了吧？他终于回归了美的怀抱，以水为冠冕。他是纳齐苏斯，传说中死后化作水仙花的英俊少年。

读这样的传说，耳边《水仙操》淌过，在时间里不惊波澜，却隐约有冰凉的眼泪掉在手心，像一枚透明的胚胎，装着前生。

古琴中有《水仙操》，为伯牙所作。

伯牙学琴于成连先生，三年后已能传曲。然传曲终是小成。移情，才是弹琴的最高境界。

成连告诉伯牙："我能传曲，而不能移情。我的师傅子春，善弹琴且能作人之情，今在东海之上。"

于是，师徒俩就带好干粮，一路跋涉去往蓬莱山下，欲求子春先生授业。

成连一到海边，说要去迎接师父，让伯牙驻岸等待，便乘船而去。这一去，成连就消失了。独留在岸边延望的伯牙，听着海上汩没潏溮之声，看山林汹涌窅窦，群鸟裂空悲号。

"先生将移我情！"伯牙怆然而叹，遂援琴而歌，"繄洞渭兮流渐溮，舟楫逝兮仙不还，移情慛兮蓬莱山，呜钦伤宫兮仙不还……"

一曲终，成连竟踏浪而还，飘飘如仙。伯牙亦悟得移情之境，此曲《水仙操》，更让他成为天下妙手。

依然是黄庭坚的老乡杨万里，他在诗里说水仙："韵绝香仍绝，花清月未清。天仙不行地，且借水为名。"

以水为名，乐者是仙，画者是仙，痴者是仙，隐者是仙，花亦是仙。

茉莉花香，慰尘世之伤

倩得薰风染绿衣。国香收不起，透冰肌。

略开些子未多时，窗儿外，却早被人知。

越惜越娇痴。一枝云鬓上，那人宜。

莫将他去比荼䕷，分明是，他更的些儿。

——辛弃疾《小重山·茉莉》

【今译】

请来南风染绿衣裙。想收敛馥郁的香息，香息已从冰雪般的肌肤里透出来。

才开几朵花，在窗外，就早已被人得知。

越被人疼惜，个性就越娇贵。被人簪戴在头上，也是合适的。

但不要将茉莉与荼䕷放在一起比较，分明是茉莉更好。

辛弃疾是词坛的侠客，世人赞曰：稼轩者，人中之杰，词中之龙。

何为人中之杰？

或许是挥羽扇，整纶巾，少年鞍马尘，二十二岁孤身入万军之中，取敌将首级如探囊取物，又或许是仕宦二十年，勤政清廉，爱民如子。

何为词中之龙？

刘克庄在《辛稼轩集序》说："公所作，大声鞺鞳，小声铿鍧，横绝六合，扫空万古，自有苍生以来所无。"放眼南宋，可与苏轼并肩而立者，舍辛弃疾其谁？

再看辛弃疾笔下的茉莉，词语之间附耳情话一般的温柔，便有了一种心有猛虎、细嗅蔷薇的珍贵。

刘克庄懂他，说他的词秾纤绵密者，亦不在小晏、秦郎之下。

侠之大者，为国为民。

汉有霍去病，宋有辛弃疾。

名字，即命运。

辛弃疾出生在山东济南，但那时山东已陷金人之手。由于父亲早逝，他自幼随祖父辛赞生活。辛赞虽在金国任职，却是身在曹营心在汉，一直希望有机会"投衅而起，以纾君父所不共戴天之愤"，于是经常携孙儿登高望远，指画山河，立报国雪耻之志。

如此，辛弃疾早早就身负国仇家恨，一生力主收复失地，重整河山。二十一岁那年，他参加抗金义军，名重一时，很快得到了宋高宗的赏识，被任命江阴签判，从此开启漫长的仕宦生涯。他并不想只为朝廷治理荒政、整顿治安，他的理想是壮志饥餐胡虏肉，笑谈渴饮匈奴血。他也曾多次上表北伐，但官场远比江湖险恶，因为当权投降派的排斥和打击，他的北伐计划皆未得到采纳与实施。

淳熙八年（公元1181年）冬，四十二岁的辛弃疾因受到弹劾而被免职，归居上饶带湖。

茅檐低小，溪上青青草。醉里吴音相媚好，白发谁家翁媪？

大儿锄豆溪东，中儿正织鸡笼。最喜小儿亡赖，溪头卧剥莲蓬。

——辛弃疾《清平乐·村居》

与《小重山·茉莉》一样，《清平乐·村居》也是辛弃疾闲居带湖时的作品，几近白描的手法，却带给了世人对村居生活最温馨的想象。

此后的二十年间，辛弃疾除了有两年出任福建提点刑狱和福建安抚使外，大部分时间都在乡下闲居。他喜欢山水风光，喜欢天伦之乐，喜欢邻里温情，但中原尚未光复，又时常让他悲愤不已。

皮之不存，毛将焉附。山河破碎，何来天伦。他是侠客归隐田园，然而握过宝剑的手，怎么甘心在田间挥舞锄头？

醉里挑灯看剑，梦回吹角连营，到底是壮志未酬。

但壮志未酬又如何？酒是会醒的，梦也是会醒的。黯淡了刀光剑影之后，便只能效仿陶渊明，在门前种花种柳，将内心的大江大河缓缓注入静湖。

幸而还有花可看。茉莉花香，可慰尘世之伤。不似看剑，在不合时宜的情况下看剑，只会徒增白发与感伤。

在《小重山·茉莉》中，辛弃疾说茉莉是透骨冰肌，折一枝戴在云鬓上，花在佳人头上开，最是静好相宜。

千古兴亡多少事，岁月的沉淀，的确让他有了一颗日常而温和的心。看明月阴晴圆缺，看草木岁岁枯荣，看佳人头戴茉莉，看小儿卧剥莲蓬，都是有意思的事情。

"麝脑龙涎韵不侔，薰风移种自南州。谁家浴罢临妆女，爱把闲花插满头。"

茉莉就是诗里的闲花。

茉莉花蒂上长有小孔，似乎天生就是供女子簪佩的。但实际上，宋代最是盛行簪花习俗，无论男女，都喜欢在头上簪戴一朵两朵的鲜花，走起路来，花面人面相映，自有说不出来的风流俊俏。

那个时候的南宋皇室也极是风雅，夏夜纳凉，常将几百盆茉莉摆放在宫廷中，令人用风车鼓之，阵阵香风扑面，悠然似神仙。

但辛弃疾想的是，这样大费周章的风雅，换作平常百姓又怎生消遣得起？

金刚怒目，只因菩萨心肠。

辛弃疾的好友姜夔喜欢填词，也喜欢簪花。他填词的时候，通常还会详细地写上一个小序，某年某月某时某地某人某思，犹如结绳记事，一概清清楚楚。

一日读到他写蟋蟀的《齐天乐》，词前小序就写得格外有意思，便顺手记下了：

予徘徊茉莉花间，仰见秋月，顿起幽思，寻亦得此。蟋蟀，中都呼为促织，善斗，好事者或以三二十万钱致一枚，镂象齿为楼观以贮之。

不知辛弃疾看到后，会不会哀叹，为一枚蟋蟀花费三二十万钱，如果将那些钱换成米粮，赠予苦度灾年的老百姓又该有多好。

当然，蟋蟀是否善斗，都是无罪的，住在象牙笼子里的蟋蟀，也未必比住在茉莉花间的更幸福。

姜夔亦写茉莉："凉夜摘花钿，苒苒动摇云绿。金络一团香露，正纱厨人独。"读起来倒是清丽盈润，可我总感觉茉莉花丛中少了一两只蟋蟀。

有蟋蟀岂不更好，在茉莉花边支起一张小桌子，就着月亮烹茶，蟋蟀在土里弹唱，似个旧时人，一声一声，都是旧光阴的熟稔香气，茶半晌就熟了，蟋蟀一蹦就蹦到对面的椅子上……

《浮生六记》里的沈复与芸娘，在夏夜里邀月赏花畅饮，隔岸萤光万点，脚下就有促织争鸣。两人联句遣兴，联得几次之后，竟对得无章无法，芸娘便笑倒在沈复怀里，说不出话来，只余鬓边的茉莉浓香扑鼻入心。

沈复直言用茉莉助妆压鬓，蘸上油头粉面之气后，其香更为可爱，令佛手之香亦退避三舍。遂后，漏过三滴，天空风扫云开，一轮明月涌出，两人大喜。

如此简单，又如此情意酣畅，生活得了草木灵性，一点一滴都是活色生香，润泽清阔。

真是处处人世，又处处不似人世。

慈禧太后也很喜爱茉莉花，拍照之时总会在旗头上佩戴几朵，颤袅袅的，风情极了。她还喜欢喝茉莉花茶。事先熏制的茉莉香茶叶在饮用之前，再用鲜茉莉花熏制一次，得美名曰：茉莉双熏。

宋人施岳在他的《步月·茉莉》里写："玩芳味，春焙旋熏。贮秾韵，水沉频爇。"

依稀可见茉莉花茶加工与泡饮的过程。后来，周密在《绝妙好词》里点评《步月》时道："此花四月开，直到桂花时尚有玩芳味，故人用此花焙茶。"茉莉，是可以从四五月一直开到八九月的。花期持久，花香亦持久。

上好的茉莉香茶，称"茉莉香片"。

张爱玲的书里说茉莉香片是苦的。其实不然。那是她的小说苦，世情苦，茉莉香片本身是清香宜人的，既保持了茶味，又添了花香。茶引花香，花增茶味，相得益彰。

《茶谱》一书详细记载了窨制花茶的香花品种和制茶方法：

"木樨、茉莉、玫瑰、蔷薇、兰蕙、橘花、栀子、木香、梅花，皆可作茶。诸花开时，摘其半含半放蕊之香气全者，量其茶叶多少，摘花为茶。花多则太香，而脱茶韵；花少则不香，而不尽美。三停茶叶，一停花始称。"

想起儿时的春节，跟着大人去给长辈拜年。小孩能得到糖果花生，大人则可以再吃上一杯茉莉香茶。袅袅的热气隔着白瓷杯子传递过来，手掌都是香的。那来自遥远之境的幽甜芳香，令我在童年时代极度心馋。

那时在村庄不曾见过茉莉，心中也没有风雅，却能在讲台上大着嗓门唱《好一朵茉莉花》，下了课就和男孩子打架玩泥巴，而如今，即便对着茉莉，也一句都唱不出来——我的声带，已经在幽闭的青春里，丧失了正常语言之余的韧度。除却那一丝奇妙的念想，在冰雪天里暖透掌心的茉莉茶香，还药引子一般，停留在记忆里。

但生命终究还是丰饶可恋的。

听蔡琴的《六月茉莉》，就是这种花开似的欣悦，花睡似的安然。她用闽南语唱曲子，用干净的中文念独白，像将纯白的青春重新晒洗一样，阳光的影子摇啊摇，青春的记忆飞啊飞："我可以告诉你，我年轻的时候真的是很漂亮，那个时候，我是全镇上长得最漂亮的女孩子……白色的茉莉花，被我放在窗台上，风吹起来的时候，那香味到现在我都不会忘了……"

怎么忘得了呢？那么好的怀念，那么好的青春，茉莉香啊茉莉香。

白色的茉莉香，白色的河流，将我淹没。

每年茉莉一开，天气就暖了。

初夏的风，温暖而谦逊。夏夜里，在茉莉花边乘凉，看月亮，最是惬意。一位朋友能守着茉莉花开到半夜，我没有捕捉过花开的声音，但想来是与灵魂破节相似，喜而悲悯。

茉莉含苞的时候，其实是最美的。仿佛茉莉这个名字，天生就该结成苞。那花苞一点一点，先是米尖尖，再是小豆子，再大一些，就像从蚌壳里爬出来的珍珠，躲在水碧的叶子间一呼一吸，想念海洋的浩瀚。

　　我见了茉莉花苞也是满心的温柔，甚至，久久望着那白色的颗粒，能勾起强烈的母性情结。它们又多么像稚子的乳牙呀。甜蜜而光洁，刚喝过乳汁，带着母体的香，好似风一过，再一过，就会一齐咿呀学语起来。

　　我简直要担心自己变成有怪癖的婆子了，专门在茉莉花开的季节，去偷人家埋在瓦檐下的乳牙……江南的大宅子里，雨水才过，苔藓顺着斑驳的墙壁一直爬到屋顶，阳光有白色花香，在我眼睛里淌啊淌，仿佛能照见云鬓花冠的前生。

与客赏山茶，一朵忽堕地

酒面低迷翠被重，黄昏院落月朦胧。堕髻啼妆孙
寿醉，泥秦宫。

试问花留春几日？略无人管雨和风。瞥向绿珠楼
下见，坠残红。

——辛弃疾《浣溪沙·与客赏山茶，一朵忽堕地，戏作》

【今译】

酡红的面色，迷离的眼神，身披层层翠绿的披风立在院落中。
黄昏时分，月色正朦胧。

如美人孙寿醉酒，堕髻啼妆，惹人怜爱。不似那秦宫，到底太
过拘泥。

春光易逝，这花儿还能盛开多久？也无人阻挡风雨的摧残。

忽然，一朵山茶花从枝头坠下，地上花瓣散落，就像那绿珠坠楼。

  所谓戏作，与戏题、戏书一样，通常都是古代文人写下的
一种调侃，以诗词的方式自娱。

  在看似诙谐的语句下，对人生际遇进行或华丽、或豪放、
或闲情的自嘲，隐含着的，其实是难言的悲痛。

戏人，戏己，戏自然，或戏这个时代。哪一种，不是含泪的苦笑呢？

像一位落魄的歌手，不被时代认可，心有气节，亦心有不甘，整天抱着破旧的吉他，用日渐老去的才华，对着天空与飞鸟，沙哑地弹着，笑着，唱着，亲爱的世界啊，除了梦想，我一无所有。

"与客赏山茶，一朵忽堕地。"

这样的标题，形同时光胶片，在场感十足，甚至比词的本身更吸引我。

山茶花开了。叶片翠绿，花瓣潮红。黄昏的院落里，已有淡淡的月华升起来。月光如水如乳如雾如纱，笼罩在庭院中，倾泻在花树上，显得花朵越发娇艳幽幻。在一朵花里小酌春光，情义也迷人。无奈还是心有忧伤，春月为笺，亦是难遣难书。倏尔，有花朵坠落，溅起一地苍老的光阴。花香如同倒影。朦胧中忽忆起，与友人载酒买花，应是多年前的事。

辛弃疾这首词，已无法从资料中求证写作背景。从词意来看，倒有几许颓灿的意味。即便是戏作，也有难以掩饰的孤绝，以及难以愤追的哀伤。

像是晚年的作品。

身拥凌云济世之才，却是半生襟抱难展。外有家国之恨，内有朝中之患，生长在夹缝之内的，是他心头深渊一般的暗疾，至死不能愈合。

遥想孝宗淳熙十五年（公元1188年）冬，他在病中等待与好友陈亮的约会。是日，雪后初晴，红色的夕照在雪地上绽放出茶花般的色彩。他在瓢泉别墅凭栏远眺，只见村前远道上，陈亮正风尘仆仆地一骑奔腾，来与他商讨统一大计。他不禁大喜，立即下楼策马相迎，病痛也随之消散。

血色残阳下，尘世如此斑驳。久别重逢的情节，以花开的喜悦与欣慰来演绎，亦不及，不及。汹涌的情感充斥着眼眶，两人的感慨又何止万千。伫立于石桥之上，他们纵谈着国事，不免痛心疾首。金瓯残缺山河破，春花秋月无人题。于是，各自拔下剑来，悲愤地斩杀了坐骑，以忠义的马血，向天豪纵盟誓——男儿到死心如铁，看试手，补天裂。

老大那堪说。似而今、元龙臭味，孟公瓜葛。我病君来高歌饮，惊散楼头飞雪。笑富贵千钧如发。硬语盘空谁来听？记当时、只有西窗月。重进酒，换鸣瑟。

事无两样人心别。问渠侬：神州毕竟，几番离合？汗血盐车无人顾，千里空收骏骨。正目断关河路绝。我最怜君中宵舞，道男儿到死心如铁。看试手，补天裂。

——辛弃疾《贺新郎·同父见和再用韵答之》

而如今，壮志未酬，何以解忧？

茶花会从隆冬一直开到春天。

但辛弃疾还是怅惘地写，试问花留春几日？略无人管雨和风。是的，人生在世几十年，少壮也不过一瞬，还没有一次绚烂的花期来得完整。而且，茶花的凋落，不是一瓣一瓣随风飘零的，也不是在枝头一寸一寸老去。它是一朵，鲜艳艳的整个儿一朵，"啪"的一声砸在泥土上，仿佛自尽，又仿佛是一种孤绝的昭告。

词中的孙寿，即东汉桓帝时大将军梁冀之妻，是历史上有名的风情女人。《后汉书》中就有记载，孙寿色美妖娆，善作愁眉、啼妆、堕马髻、折腰步、龋齿笑，以为媚惑。

秦宫，梁冀之嬖奴也。相传秦宫乃翩翩少年，"越罗衫袂迎春风，玉刻麒麟腰带红"，相貌俊美，又骁勇善战，跟随在梁冀身边，深得梁冀喜爱，故孙寿常与之争宠。

于是，孙寿便发明了愁眉、啼妆，即把妆化得像刚哭过一样。堕马髻，像刚从马背上摔下来，将发髻梳成偏斜。龋齿笑，牙疼时那样皱眉而掩嘴的笑。折腰步是最下功夫的，走路时腰部要柔弱得好似易折之柳，摆风而摇。

真是用心良苦。

不过，在那样的时代，风情便是女人的武器，不仅要取悦男人，还要打败对手。媚惑的极致，原是楚楚可怜的美。像风雨中的花，我见犹怜。绿珠，则是西晋巨富石崇的宠妾，相传姿容绝艳到世所罕见，且知晓音律，具有才华。但是，在历史上，她并不以姿容与才华著名。人们纷纷传说的，是她的气节。

《晋书·石崇传》里写，石崇之财可比山海，宏丽室宇彼此相连，后房姬妾数百，全都穿着精美锦缎，装饰着璀璨美玉。而石崇最爱绿珠，每逢宴会，绿珠都会出来歌舞侑酒，令见者忘失魂魄。

可是，不久后朝廷中就起了政变，石崇也受到了牵连。一个得势的官员便借机向石崇索要绿珠。石崇勃然大怒，呵斥道："绿珠吾所爱，不可得也。"于是，结果可想而知。石崇获罪，绿珠得知缘由，含泪而道："妾当效死于君前！"话毕，则坠楼而亡。

"繁华事散逐香尘，流水无情草自春；日暮东风怨啼鸟，落花犹似堕楼人。"

人若无气节，一具皮囊而已。

而有友人作陪的尘世，赏花，追忆昔日事，隔着月色，一切都醉得刚刚好。

我想起家乡的山茶花。

早春，山茶一树一树地盛开在山林间。依稀少年时，我最爱吃的，就是那茶花上的蜜，带着山风与露水，非常清甜，尤其那素淡的香味，令人通体舒泰。也不摘下来，就那么凑到茶树上，嘬那花蕊，黄色的花粉，蘸在嘴唇上，金屑一样。那些都是野生的山茶树，没有人打理，茶花也比较单薄，白色，或红色，但也自有淳朴古艳的美丽，如山间精灵。

后来看金庸的《天龙八部》，来自大理的段誉去江南寻他的神仙姐姐，在曼陀罗山时，曾与王夫人有过一段对话，我才知道，茶花，原来可以那样的群英荟萃，富贵灼灼。

段誉道："大理有一种名种茶花，叫作'十八学士'，那是天下的极品，一株上共开十八朵花，朵朵颜色不同，红的就是全红，紫的便是全紫，决无半分混杂。而且十八朵花形状朵朵不同，各有各的妙处，开时齐开，谢时齐谢，夫人可曾见过？"

"比之'十八学士'次一等的，'十三太保'是十三朵不同颜色的花生于一株，'八仙过海'是八朵异色同株，'七仙女'是七朵，'风尘三侠'是三朵，'二乔'是一红一白的两朵。这些茶花必须纯色，若是红中夹白，白中带紫，便是下品了。"

"'八仙过海'中必须有深紫和淡红的花各一朵，那是铁拐李和何仙姑，要是少了这两种颜色，虽然是八色异花，也不能算'八仙过海'，那叫作'八宝妆'，也算是名种，但比'八仙过海'差了一级。"

"再说'风尘三侠'，也有正品和副品之分。凡是正品，三朵花中必须紫色者最大，那是虬髯客，白色者次之，那是李靖，红色者最娇艳而最小，那是红拂女。如果红花大过了紫花、白花，便属副品，身份就差得多了。"

段誉指着那株五色花茶道："这一种茶花，论颜色，比十八学士少了一色，偏又是驳而不纯，开起来或迟或早，花朵又有大有小。它处处东施效颦，学那十八学士，却总是不像，那不是个半瓶醋的酸丁吗？因此我们叫它作'落第秀才'。"

"白瓣而洒红斑的，叫作'红妆素裹'。白瓣而有一抹绿晕、一丝红条的，叫作'抓破美人脸'，但如红丝多了，又不是'抓破美人脸'了，那叫作'倚栏娇'。"

《花镜》则说山茶花有十九个品种：玛瑙茶、鹤顶红、宝珠茶、蕉萼白宝珠、杨妃茶、正宫粉、石榴茶、一捻红、照殿红、晚山茶、南山茶等。山茶花花型多，有单瓣、半重瓣、重瓣、曲瓣、五星瓣、六角形、松壳型等。花有红、黄、白、粉，甚至白瓣红点等色。

单是这些词，就足够让人喜爱了。

宋人也赞其"遇卿须醉倒"，更何况段誉说的，还是云南的茶花。

《滇略》云："滇中茶花甲于天下，而会城内外尤胜，其品七十有二，冬春之交，霰雪纷积，而繁英艳质，照耀庭除，不可正视……"

不可正视。

那是令双目发烫的艳艳花光。

便也难怪，唐代的张籍会用一个美妾去交换一株茶花。

自古美人如名将，所以，在辛弃疾的眼里，盛开的茶花，有孙寿的风姿，坠落的茶花，有绿珠的壮烈。

而他自己，即便白发空垂三千丈，老死在时光里，即便一笑人间万古事，醉卧在茶花间，也依然有一颗横刀立马的心，宛若少年。

愿期素心人，同游明月夜

萧萧琴瑟鸣，洒洒霜露下。

愿期素心人，同游明月夜。

——胡仲弓《咏松》

【今译】

有风入松，如琴瑟和鸣，风致幽然。生长在清霜、寒露之下的松，如此孤清高洁。

期望遇到一位内心素雅的知己，与我同游这明月之夜。

　　史料中关于胡仲弓的记载实在太少，生卒年月、人生经历均不详，只晓得他是山西清源人，大约生活在宋度宗的年代，工于诗，早年登进士第为会稽令，后半生浪迹江湖以终，留有《苇航漫游》稿四卷以及《四库总目》传世，其中诗作属五首《咏松》最为经典。

　　一一品读，果然首首皆好。

　　生如长河，漫之游之，一苇航之。不被功名缚，江湖得散行。胡仲弓笔下的松，遇见如霜如露的明月，就有了如仙如道的禅意。

　　萧萧松叶落，幽幽琴瑟鸣。读这样的诗，读得眼睛也清凉起来。听风，听松，听琴，听瑟，听洒洒清霜扑面而来，如置身琴音之中。

松风如弦，其实不必得明月夜，听一曲古琴《高山流水》，即可尽诉其间况味，而历历不知四时。

《列子·汤问》中记载："伯牙鼓琴，钟子期听之，方鼓琴而志在高山，钟子期曰：'善哉乎鼓琴！巍巍乎若泰山！'少选之间，而志在流水，钟子期曰：'善哉乎鼓琴！洋洋乎若江河！'钟子期死，伯牙破琴绝弦，终身不复鼓琴，以为世无足复为鼓琴者。"

上古的故事，总是这般简约而贞静，如踏月山中，扬起扑扑的松花，古老的月色与潮热的花香相顾无言，几千年的岁时就那样汩汩流逝。亦如松下访隐者的际遇，湖海空悬一片心，意境全在那云深不知处。

到了明朝，善顾曲亦善写小说的冯梦龙，在他的《警世通言》里，以此高山流水的典故为蓝本，又加工渲染了一卷《俞伯牙摔琴谢知音》，可谓情节丰盈，情义饱满，是高妙，是绝响，只为知音说与知音听——

说是在一个中秋之夜，突发暴风雨，一艘大船被迫泊于山崖之下。不久，雨止云开，空中出现一轮皎洁的明月，其光万丈。

当时伯牙就坐在那船舱之中，正对着明月抚琴，以遣情怀。曲犹未终，琴弦却断了一根。伯牙大惊，身处荒山，只见前方芦苇摆动，便疑心藏有刺客盗贼，遂下令左右上岸搜寻。

谁知岸上人自顾答道："舟中大人，不必见疑。我非奸盗，乃樵夫也。因打柴归晚，值骤雨狂风，雨具不能遮蔽，潜身岩畔。闻君雅操，少住听琴。"

伯牙大笑道："山中打柴之人，也敢称'听琴'二字！此言未知真伪，我也不计较了。左右的，叫他去罢。"

那人不去，在崖上高声说道："大人出言谬矣！岂不闻'十室之邑，必有忠信。''门内有君子，门外君子至。'大人若欺负山野中没有听琴之人，这夜静更深，荒崖下也不该有抚琴之客了。"

那人继而说琴理："此琴有六忌、七不弹、八绝。何为六忌？一忌大寒，二忌大暑，三忌大风，四忌大雨，五忌迅雷，六忌大雪。何为七不弹？闻丧者不弹，奏乐不弹，事冗不弹，不净身不弹，衣冠不整不弹，不焚香不弹，不遇知音者不弹。何为八绝？总之，清奇幽雅，悲壮悠长。此琴抚到尽美尽善之处，啸虎闻而不吼，哀猿听而不啼。"

当然，只是通琴理，还算不得知音。知音是伯牙鼓琴，子期听琴，懂得琴声志在流水，意在高山。

但故事最有意思的，就是这个开头。

初遇便是奇遇。他们因一曲琴音结缘，高山流水，仿佛久别重逢。

"伯牙年长为兄，子期为弟，今后兄弟相称，生死不负。"

是夜，他们在船舱中顶礼八拜，结为兄弟，谈琴叙心，直至东方既白。因伯牙公务在身，又匆匆约定，来年再见。

伯牙心怀子期，无日忘之。故事的结局，却令人感叹。

一年过去，伯牙再访子期，只见荒山一孤坟。原来，分别之后，子期白日砍樵负薪，夜间诵读诗书，心力耗费，染成怯疾，数月之间，已是油尽灯枯。伯牙当即昏厥于地。

伯牙认为，恩德相结者，谓之知己；腹心相照者，谓之知心；声气相求者，谓之知音。

知音，是相知的最高境界。

琴有八不弹，不遇知音不弹。伯牙的琴音只为知音而弹，子期不在，留琴何用？

他在子期的坟前剪断琴弦，摔断琴身，自此告归林下，一人寂寂于红尘，松风为衣袂，空谷问流筋，只是终生不再抚琴。

如此，方不负千金情义，高山流水。

看王振鹏的《伯牙鼓琴图》，清奇幽雅处，正合我此刻的知音之怀。

图中，伯牙操琴，子期凝神静听，两人皆是仙风逸尘模样，阔袍素衫，长髯飘飘。看了，直担心画中人会随某一缕琴声遁空而去。周边几个小童宛若点缀。一长腿小几上，升腾着刚爇好的香，袅袅入琴声，合淌成一杯暖酒。那温度，氤氲在纸上，便可见遥山叠翠，远水澄清，明月松风间，正是"啸虎闻而不吼，哀猿听而不啼"。

南宋马远的《松月图》也极好。

"愿期素心人，同游明月夜"，这样的愿心，似是从山月相照的梦中采撷而来，不知迷醉了多少文人雅士。想来马远的画笔里，也是有那样一个梦境的，所以，他画松，画月，画把酒而歌的高古与寂寞，每一笔里，都饱蘸了痴意与孤意。一如无松不成山水，松的每一枚针叶，都浸染了绵绵的山林之气，浩瀚而野寂。

他笔下的松树，树干枯隽盘旋，线条硬似屈铁，枝丫遒劲若爪，尽显孤绝老态。针叶却团团清丽，如水上微澜，映衬远山，竟在画面上堆成青浪朵朵，着实灵动又温柔。松树下，一老者仰卧于大石之上，对着天上的明月，正进入冥冥的忘我之境。

"松风吹解带，山月照弹琴"，大抵就是这样子的。

丰子恺画的松，却是难得的温良可爱。那画中题字，"依松而筑，生气满屋"，或"昨夜松边醉倒，问松我醉何如，只疑松动要来扶，以手推松曰去"，皆似无心白云出岫，尤其的幽趣欢喜。

像元代的散曲，活泼，跳脱，自然，真率。人远天涯碧云秋，自有亲切好闻的松脂味道。

张可久的小令里写：

数间茅舍，藏书万卷，投老村家。
山中何事？松花酿酒，春水煎茶。

是这般的千古繁华成一梦。

西方的《圣经》里说，每棵树里都住着一个神。

我信。

张可久一生奔波于宦海，虽直至暮年亦不得志，但他胸有丘壑，腹有诗书，所以在他的文字里，向往归隐之作极多，随处禅心可见，却闲而不散，哀而不怨。

松树的神秘幽眇，让山月不知心底事。

只是那松花酿的酒，春水煎的茶，怕是琴音也会醉。

世间知音难求，也自当庆幸，世间尚有松，可托一寸素心。

青山爱我，我爱青山。

是时，天地合弦，恰若知音相逢。

半生孤寒似梅花

寒夜客来茶当酒，竹炉汤沸火初红。

寻常一样窗前月，才有梅花便不同。

——杜耒《寒夜》

【今译】

寒夜有客人来访，不如以茶当酒，与之同饮。竹编的小火炉正好用来煮水，钵里的炭火燃起来，发出微红的光。

月光照在窗前，与平时无异。但梅花开了之后，这月色，这时光，这情意，便都有了不同寻常的美。

一

"凡为女子，大理须明。温柔典雅，四德三从……"

三进深的江南老宅里，一树古老的梅花正在含苞，阳光照在苍郁的青苔上，饱满得要滴出汁液来，教书先生的声音却如干枯的藤蔓，仿佛要缠住女人的一生。

那也是张幼仪人生中的第一堂课。

千字《闺训》，一字一句，都在教她识命、认命。

命是什么？

拆字而解，不过人、一、叩。

命，就是一个人向上天叩首臣服的过程。

张家包括幼仪在内一共十二个孩子，八男四女，但她的母亲总会告诉人家，她只有八个孩子——女儿，从来都是不算数的。

就像男孩生下后，阿嬷会把脐带埋在床下的坛子里，寓意辅继香火，延绵姓氏，而女孩出生后，脐带只能埋在屋外。

家中第二个女儿出生后，父亲为其取名，学名嘉玢，小名幼仪。

嘉为美，玢为玉；幼为善，仪为德。

在生命的伊始，名字，便是父亲给她的命运，她一生都在按照名字蕴含的意义恪守自身，奉行美德。

幼仪四岁那年，正逢灶神节，家里的阿嬷特意为她准备了一碗红豆沙汤圆。

阿嬷不识诗书，只笃信神灵，她告诉幼仪，女孩子吃下灶神节的汤圆，便可获得软糯的性情，温香的骨骼。

更适合裹脚。

"就像你的母亲，金莲三寸……"阿嬷有一双大脚，所以她只能做阿嬷，一生粗粝，受尽劳累。她那样说起的时候，总会露出欣羡的神情，只恨自己未曾裹脚，抑或是恨出身寒微，没有裹脚的"福分"。

幼仪的母亲有一双令她自己引以为傲的小脚。

幼仪曾看到母亲在一个又一个的清晨，用素净的布条把脚裹好，再穿到绣花鞋里，如进行一场沉默而虔诚的仪式。到了傍晚，母亲便解下布条，把脚泡在加满香料的清水里，像两瓣新月的影子，静待父亲归来的脚步声。而她每次走路的时候，那小小的鞋尖就会轮流从裙摆下露出来，似荷风摇曳，步步生姿。

还有用人们的消遣之言——

在灯火暧昧的乐坊，那些裹脚的姑娘可以站在荷叶桌上跳舞，她们纤细的腰肢和玲珑的小脚常把男人们迷得神魂颠倒。

每到月上中天，冗长的行酒令结束后，当晚的赢家就会将一只绣花鞋里装的最后一杯酒饮下，然后与那鞋子的主人共度良宵。

灶神节刚过，母亲与阿嬷便要给幼仪裹脚。

"认命吧，孩子。"母亲幽叹一声。

房间里传来一阵撕心裂肺的喊叫。

那时的幼仪哭哑了嗓子也不明白，为何女人不能自主命运，为何要让脚成为取悦男人的工具，那所谓的三寸金莲，就像被打断双翅的鸟，从此失去自我与自由，只余年华，慢慢腐朽。

好在三天之后，正遭受折骨之痛的幼仪被二哥君劢解救。

是时二哥已年满十七，才华翩翩，一腔赤诚。他与母亲商量半晌，终于以兄长一诺，换得幼仪自由。

君劢说："如果有一天，没有人愿意娶她，我愿意照顾她一生。"

母亲别过脸去："她怕是要自食苦果。"

君劢叹息："即便是苦果，也是她的命。"

二

"谨以白头之约，书向鸿笺；好将红叶之盟，载明鸳谱。"

一九一五年十二月五日，幼仪大婚。

婚礼空前盛大，嫁妆全是从欧洲采购而来，一节火车车厢都装不下，须由张家四哥用驳船送至夫家。

奉父母之命，行媒妁之言。

是夜，十五岁的她头戴花冠，轻纱覆面，坐在红烛罗帐的洞房里，忐忑不安地等她的丈夫，一个叫徐志摩的人。

窗前月色如练，门外人潮如沸，她却觉得自己像一座小小的孤岛，心事寂寂，长满青苔。

两年前，她在苏州读书，第一次见到他的照片。他戴着一副金丝边眼镜，嘴角微微含笑，一脸温文，身材清瘦修长，如华茂春松。

心悦君兮君不知。

"如此奇才，假以时日，定当前途无量。"四哥嘉璈对他赞赏不已。

他是四哥物色的人选，浙江富商徐申如之子，少年才俊，四岁识诗书，八岁习古文，十五岁时在杭州府中写的一篇《论小说与社会之关系》已具大家风范，放眼江浙同辈，无人可出其右。

于是四哥主动托人向徐家求亲，以二妹幼仪相许。

徐家相闻张二小姐"线条甚美，雅爱淡妆，沉默寡言，举止端庄，秀外慧中"，其祖父为官，父辈行医，兄长从政，家族声望皆清美，便很快复信："我徐申如有幸以张嘉璈之妹为媳。"又令人送金鸳鸯一对下聘，两家算是正式结亲。

彼时，她曾在心底暗自期许，她未来的夫君，将来可以像二哥、四哥一样负笈海外，光耀门楣，报国济世。

也曾期许婚后的生活，可以琴瑟在御，莫不静好。

却不知，徐志摩从一开始就抵触这桩姻缘。

他想要一个新式的新娘，想要一个自由恋爱的灵魂伴侣，而不是一个强加在他身上的传宗接代的任务，一个儿时裹过脚的旧式女子，一个不媚不娇不争不辩的"乡下土包子"。

直到数年之后，他当初的嫌弃之言通过用人的闲谈辗转进入她的耳朵，她才明白，为何在那天的整个婚礼过程中，他都不肯多看她一眼，为何他们的新婚之夜，气氛会那般沉默和难堪。

嫁入徐家之后，世人皆称她淡雅贤淑，对公婆晨昏定省，待下人和颜悦色。但这些放在两个人的婚姻里，却成了最无用的东西。

她始终无法取悦丈夫。

他与她肌肤相亲，却无耳鬓厮磨。

他与她同床共枕，却是心隔天涯。

他是她的丈夫，却待她如同陌生人。

她看不见他的心，他更不懂得她的好。

新婚后的那段时日，他几乎每天都会外出，而按照规矩，她需要待在家里，恪守少奶奶的本分，不抛头露面，只专心女红。

"鸳鸯于飞，毕之罗之。君子万年，福禄宜之。"

她绣并蒂莲花，绣交颈鸳鸯，细致绵密的针脚，一如她的心思，内有风云万千，偏是敛藏不露。

如若是雨雪天气，他则会坐在窗边看书，一坐便是一整天。她算不得饱读诗书，但也略通笔墨，知道什么是红袖添香，什么是赌书泼茶。

无奈江南冷雨寒凉，也不及他眼神里的凛然飞霜。

小年大雪，她在宅院里折下数枝梅花，想与他一起观赏。

"梅以曲为美，直则无姿；以欹为美，正则无景；以疏为美，密则无态。"

原来他最爱梅花。一本西泠印社影印的珂罗版《金冬心梅花册》，时常临之摹之，爱不释手。

寒夜客来茶当酒，竹炉汤沸火初红。

寻常一样窗前月，才有梅花便不同。

——杜耒《寒夜》

窗外雪月相照，屋内炉火通红，他在纸上写杜耒的《寒夜》，声称窗外的风花雪月都是他的座上宾。

她想告诉他，她也喜欢那首诗，然而满腔心绪到了嘴边，却成了一句："茶凉了，我给你换一杯。"

春节过后，新婚不足两月，徐志摩便离家求学，从上海，到北京，后又入梁启超门下，成为梁先生最钟爱的弟子。

幼仪是少奶奶，只能在家等待。

一次与用人闲聊，用人告诉她，离徐家不远的东山山顶上，有一座望夫石，是很久以前的一个妇人变的，她在那里苦苦等待出海的丈夫归来，终日以泪洗面，最后竟化作了坚硬的岩石。

听着别人的故事，她不知自己心里为何寸寸冰裂。

白头之约，红叶之盟，婚书上的字迹尚未褪色，她心里却承受了桑田沧海，如窗外寒梅，朵朵尽谢。

冬去春来，家书不归。

一夜鱼鸟无消息，雨打梅花深闭门。

是夜，枕着两行清泪，她梦见自己也变成了望夫石。

三

1918 年夏，幼仪生下长子阿欢。

子嗣落地，徐家终于可以安心为徐志摩"放行"。8 月，阿欢尚在襁褓之中，徐志摩便赴美求学，希望有朝一日，能在政界和金融界大展拳脚。

幼仪虽是旧式小女子，也知国难方起，室如悬磬，岂容他人鱼肉的道理。她的丈夫是有志青年，是时势造就的英雄，是去寻求救国之道的。

但此一去，远隔重洋，相思无凭，雁书难托，锦瑟年华与谁度？而且，他留学西方，她固步硖石，夫妻之间本就形同云泥，日后差距势必越来越大。

他有青云之志，却无白首之心。

她喜忧参半。

1920 年 12 月，一纸家书到达硖石，志摩在信上称，希望幼仪出国陪读。

幼仪心中大喜，她多年的等待，终于守得云开。

纵使她明白，这并不是丈夫的初衷，而是二哥从中斡旋的结果。她的担忧即是二哥的担忧，二哥怜她，便尽力成全她。

幼仪太想出国了，她嫁入徐家五年，与志摩共处的时间却屈指可数。

她曾无数次地幻想，自己穿着西服，抱着书本，和志摩一起走在街上去上课的情景。

也曾经常做一个美梦，他在桌前研究学问，她在厨房准备饭食，空气里有笔墨纸砚的香气，也有柴米油盐的温馨，窗外花枝的影子映在粉墙上，心底映着宁静与幸福。

12月底，幼仪启程，去伦敦与志摩团聚。

是时志摩已获得美国哥伦比亚大学政治系的硕士学位，但他不再想要"资本救国"，而是想要"文化救国"，所以，他要师从罗素，要在伦敦剑桥大学学习哲学与文化。

幼仪尊重他的一切决定。"未嫁从父，既嫁从夫，夫死从子"，出嫁之前，母亲就曾告诫她，一个女人，结婚后就是男人的附属，永远不能在丈夫面前说"不"。

换言之，妻子的命运，就是丈夫决定的。

那么接下来，命运又会给她什么？

直至苍苍暮年时，她生活安定，儿孙绕膝，也无法释怀彼年彼刻，他们久别重逢在马赛港口时，他眼神里流露出来的那种嫌恶。

为了那次相聚，她特意挑选了最好的衣服，想着怎样的面料，怎样的花色，会让他喜欢。而当她站在甲板上紧张、欣喜又切切地等着上岸时，才知道，又是自己一厢情愿。

他站在汹涌的人群里，穿着一件黑色大衣，脖子上戴着一条白色围巾，显得俊逸温雅。她第一次见他穿西装，但她还是第一眼就认出了他。

因为他是人群中唯一一个在脸上写着"不情愿来到此地"的人。

在伦敦，夫妻俩先是暂住在中国同学会，一直到1921年夏，徐志摩以特别生的资格进入剑桥王家学院之后，他们才搬到沙世顿乡下居住。

从此，他开启了他的康桥生活，意气风发，呼朋唤友，诗心奕奕。

而她，整日独守小屋，言语不通，丈夫不爱，像一把秋天的扇子，一件被主人遗弃在柜子里的旧衣。

更伤人的，是他对任何人都可以热情激扬，无论谈文学谈风月谈日常琐事。唯独待她，三分客气，七分漠然，从不高声说话，但那冷淡疏离的语气，更像是一把软刀子，杀人不见血，刀刀直抵要害。

她不知道，自己到底做错了什么？

终于有一天，他告诉她，是因为"西服与小脚不般配"。

所以，他要离婚，他要做中国新式离婚的第一人。

"可是，我已经怀孕了。"她声音发颤。

"那就把孩子打掉。"他步步紧逼。

"打胎会死人的。"她满目错愕。

"坐火车也会死人。"他心如玄铁。

有人说，当一个男人不爱一个女人时，她哭闹是错，静默是错，活着呼吸是错，死了还是错。

可不是嘛，不爱一个人，总有一百个理由。

她是包办婚姻的产物，她裹过脚，她有一颗守旧的心，她配不上他新式的灵魂……任何一个理由，都足以令这段关系万劫不复。

一时间，委屈、恐惧、惊慌、悲戚……各种复杂的情绪齐齐涌上心头，她转身向阳台冲去，却发现他追上来，一把拽住她的衣袖："我以为你要自杀！"

她瘫坐在地上，不禁满心哀凉。

其实她早就知道，他在外面有了心仪的女子，一个叫林徽因的女孩，有着梅花一样的脸庞，"论中西文学及品貌，当世女子舍其莫属"。

她也知道，他在信里对林徽因描述墙上向晚的艳阳和刚刚入秋的藤萝，跟她诉说在西湖的柔波上调弄丹青的梦想，他们在伦敦相识，用英文通信，就是为了掩人耳目。

她以为，最糟糕的，不过是他纳林徽因为妾，她则孤独终老，空房一生。又怎知，对方有言在先："我不是那种滥用感情的女孩子，你若真的能够爱我，就不能给我一个尴尬的位置……你必须在我与张幼仪之间做出选择，你不能对两个女人都不负责……"

她以为，出国之后，将是她的柳暗花明，又怎知，自己竟被他一步一步逼至山穷水尽。

"身体发肤，受之父母，不敢毁伤，孝之始也。"

而她又很快发现，山穷水尽之时，就连死，她都做不了主。

四

提出离婚之后，徐志摩就不辞而别，音讯全无。

幼仪一个人住在沙世顿，异国他乡，无枝可依，便只能写信向留学巴黎的二哥求助。

二哥很快来信："张家失徐志摩之痛，如丧考妣……万勿打胎，兄愿收养。抛却诸事，前来巴黎。"

她没想到，徐志摩在张家人心里有着如此重的分量。

在横渡英吉利海峡的船上，她思前想后，寻找自己在这段婚姻里一败涂地的缘由。她想起母亲当初说过的话，永远不要对你的丈夫说"不"，也想起自己是张家唯一没有真正裹脚的女儿。

或许，这便是冥冥之中，命运的某种昭示。

在此之前，她的人生都是被动的，一退再退，终退无可退。

二十余载，识命认命又如何？

她从未为自己活过。

站在甲板之上，看着沧海横流，风云涌动，她竟第一次生出了要主宰命运的想法。

她要把腹中的孩子留下来，而且，要独立抚养他长大。

1922年2月，幼仪生下第二个孩子，取名德生。

是时，通过二哥安排，她与七弟在柏林暂居。

不久后，徐志摩也赶到了柏林。但他不是为了探望幼仪，也不是为了看望孩子，而是为了让幼仪尽快签下离婚文书。

时隔半年，历经伤痛，幼仪已冷静成熟了许多："如果你要离婚，我没意见。但我觉得应该先知会父母。"

他急不可耐："不行，林徽因要回国了，我非现在离婚不可。"

她瞬间心如死灰。

于是遂他心愿，迅速签下文件。

怎知他高兴得像个小孩，脸上笑逐颜开，还要去育婴房看德生，一时看得痴迷，竟如痴如醉。

世间自是有情痴，此恨不关风与月。

她站在他的身后，看着这个熟悉又陌生的男人，再次思绪万千。

曾经，她胆小谨慎，却想大声感谢命运，可以做徐志摩的妻子；现在，她一无所惧，亦想郑重地告诉自己，此后的路，每一步都要争气。

德国四年，她奋发图强，用功读书，不舍日夜。

其间经历生活的艰辛，也经历情感的大恸。

1925年3月，德生夭折，她肝肠寸断，瘦到形销骨立，但依然坚持去上学，学德文，学经济，学管理，学日后可以独立自主的本领。

没有什么可以打倒她。

也没有人知道，她一个女人，要遭受几番炼狱，才能脱胎换骨，断翅重生。

五

"我要为离婚感谢徐志摩。若不是离婚，我可能永远都没办法找到我自己，也没办法成长。他使我得到解脱，变成另外一个人。"

1926 年春，幼仪回国。

是时，她以徐家干女儿的身份，参与徐志摩与陆小曼的婚事。

当初，他为林徽因离婚，林徽因却随父回国选择了梁思成。

他不甘心，一路追回国内，并放言："我将在茫茫人海中寻觅灵魂之伴侣，得之我幸，不得，我命。"

但命运的无情，恰是最大的公平。

徐志摩曾负她、弃她，伤她至体无完肤，也终于被别人折磨得痛苦不堪。

1924 年，林徽因与梁思成双双赴美，徐志摩又爱上有夫之妇陆小曼。

"小曼画的梅花，有金冬心的神韵。"他们为了结合，一个饱受流言，一个周折费尽，先需苦等小曼恢复单身，后要疏通父母的阻难。

"只有幼仪同意，陆小曼才可进门"，是徐家二老最后的让步。

在上海的一家旅馆里，她曾经的公婆问她："你反对他同陆小曼结婚吗？"

幼仪冷静地说："不反对。"

时光如剑故人如虹，她转身走在上海的街道上，心底眼里，风烟俱净。

他曾亲手将她推下命运的深渊，也是他让她知道，原来自己也是会飞的，自己也可以拥有一片天空。

但她从未想过，有朝一日，她与徐志摩的关系会变得融洽如至亲。

回国后，幼仪先在东吴大学教德文，后又出任上海女子商业银行副总裁与"云裳"服装公司总经理。

多年隐忍，厚积薄发，她终于用自己的能力与魄力，赢得了财富与声望。

而徐志摩与陆小曼结婚后，为了满足小曼的挥霍，却整日奔波劳累，尝尽谋生之苦。

在上海，她与徐家二老以及阿欢同住，和徐志摩是邻居。

小曼沉迷十里洋场，又吸食阿芙蓉，已与公婆决裂，但她风情入骨，让徐志摩言听计从。

她则依旧沉默寡言，照顾老人，抚养幼子，心间一片清风皓月。

一颗心死掉又重生的人，没有那么多的多愁善感，她只知道，在他落难时，她还是会帮他，在他劳苦时，她还是会不忍。

有时，徐志摩为家庭开销一筹莫展，她就会私下拿钱给他，谎称是徐父的接济。

他经常去"云裳"看她，与她一起挑选衣服的款式，与她谈论国家之事，也与她倾诉生活的烦忧，幸而有梅花可慰藉心肠："案上插了一枝梅花便不寂寞，最宜人是月移花影上窗纱。"

有一次，他定做了几件衬衫，她便为他做了一条领带，又绣上一朵梅花。

1931年11月19日，徐志摩乘飞机遇难，一夕永诀。

"万里快鹏飞，独憾翳云遂失路；一朝惊鹤化，我怜弱息去招魂。"

是幼仪操办了他的后事。

无论如何，徐志摩是她儿子的父亲，是她兄长的挚友，是她唯一爱过的男人。

她待他，是义，也是情。

"在他的几个女人中，说不定我最爱他。"

世人赞她顾全大局，称她以德报怨，她皆不愿争辩。果决清醒如她，倘若真的不爱，又何必拖泥带水。

多年后，她搬至香港居住，有人向她求婚。"夫死从子"，她写信问阿欢的意见，阿欢回信——"母孀居守节，逾三十年，生我抚我，鞠我育我，劬劳之恩，昊天罔极。今幸粗有树立，且能自瞻，诸孙长成，全出母训。……综母生平，殊少欢愉。母职已尽，母心宜慰，谁慰母氏？谁伴母氏？母如得人，儿请父事。"

她潸然泪下。

不只是因为儿子的体谅，还因为旁人皆道，阿欢这封信太像他父亲徐志摩了。

1974年，她的第二任丈夫去世，她又去往美国，与兄长、儿子相伴。

张家后辈称她"亲伯伯"，因她是女中豪杰，心有男儿气概。但照片上的她，分明是端庄高雅，一脸的慧光清平。

1988 年 1 月 21 日，她在纽约安然离世。

《纽约时报》标题赫然：徐志摩元配张幼仪女士在纽约病逝享年八十八——张君劢张公权昆仲胞妹曾是风云女性。

临终时，一生的风云与情感掠过心空，她又想了那年冬天，就像想起命运的草蛇灰线。

她半生隐忍，半世孤寒，皆因一人而起。

彼时，她豆蔻年华，思绪婉转；他清冷倨傲，满腹才情。

窗外雪月朗然，命运的影子落在纸上，她端起一杯茶，他蘸墨写下，寻常一样窗前月，才有梅花便不同。

相思一夜梅花发，忽到窗前疑是君。

按照她的遗愿，后人在她棺木里放入一枝故国的梅花。梅花散发着江南的香气，月光白的花瓣，美得极不寻常，像极了十五岁那年冬天落在她窗前的雪。

桃花陌上，你不来，我不敢凋落

东风著意，先上小桃枝。红粉腻，娇如醉，倚朱扉。记年时，隐映新妆面，临水岸，春将半，云日暖，斜桥转，夹城西。草软莎平，跋马垂杨渡，玉勒争嘶。认蛾眉凝笑，脸薄拂燕脂，绣户曾窥，恨依依。

共携手处，香如雾，红随步，怨春迟。消瘦损，凭谁问？只花知，泪空垂。旧日堂前燕，和烟雨，又双飞。人自老，春长好，梦佳期。前度刘郎，几许风流地，花也应悲。但茫茫暮霭，目断武陵溪，往事难追。

——韩元吉《六州歌头·桃花》

【今译】

春风带着情意，先在桃树枝头停留。粉红的花瓣，细腻、娇媚，如美人饮了酒，倚靠在朱门边。记得去年，伊人试新妆，在水岸边，容颜与桃花交相辉映。仲春时节，风和日暖，顺着斜桥回转，去往夹城西边。那里青草柔软、平整，我骑马来到绿杨渡口，立马驻足，马儿长嘶。我认出她来，笑容庄重，面上轻点胭脂，正是我曾透过窗户偷看、为之心生愁绪的伊人。

我们携手同游的地方，桃花开得如烟如雾，清香的花瓣随着我们的脚步飞舞，只怨春光已经迟暮。我为伊人日益消瘦，谁来询问？只有那落花懂我心意，陪我空流泪。昔日栖居堂前的燕子，又在烟雨中双宿双飞。可叹人一年一年老去，春光依旧年年美好，曾经恩爱的日子已是一场大梦。我就像那入山采药的刘晨，再访旧地，却遇不到曾经的伊人。想来，桃花也会为我伤悲吧。如今，眼前只有茫茫的暮色，不见桃源的入口，那些往事，再也回不来了。

《六州歌头》这个词牌本是鼓吹曲，音调激越悲壮，但韩元吉偏要逆于常情，用其填艳词，不仅艳，还美，还哀怨顿挫，还悱恻缠绵，还十足的动人心魄。

就像那桃花，生长在田园山野间，自然宜室宜家，而到了武林高手这厢，一枚花瓣亦可杀人。

在文人面前，世间万物都是情感的载体。同样的风景，看风景的人有一颗怎样的心，它就会变幻成什么模样。那么同样的词牌，填词的人倒进去的是水，它便清澈温柔，可解渴，倒进去的是酒，它则芳醇浓烈，能醉人。

韩元吉这首《六州歌头》写桃花，亦写情事，此情可待成追忆，只是当时已惘然。

词中还写到一个典故，"前度刘郎"，出自南朝宋刘义庆的《幽明录》，说的是汉代永平年间，剡人刘晨、阮肇去天台山采药，不觉天色已晚，腹中饥饿。两人忽而发现山间有溪，溪边有桃林，沿着溪水向前行走，竟遇到两位美貌的女子，又被女子热情招待，以身相许。半年后，刘、阮二人思乡心切，便作别妻子回家探亲。怎知到家一看，已经过去了几百年的时间。眼前与刘晨说话的那个人，已经是他第七代的后人。而刘晨再返回山中寻找妻子，却再也找不到曾经那片桃林了。

山中一日，人间百年，佳期如雾如梦如花开花落，都是怅憾，也是风流蕴藉。

一张机，采桑陌上试春衣。风晴日暖慵无力，桃花枝上，啼莺言语，不肯放人归。

两张机，行人立马意迟迟。深心未忍轻分付，回头一笑，花间归去，只恐被花知。

——无名氏《九张机》节选

再看宋代无名氏的《九张机》，只觉得像极了《六州歌头·桃花》的序，又像是一曲忧伤的民谣。

民谣歌手钟立风有一首《像艳遇一样忧伤》，我寻了来听。一个桃花一样的男人，带着春天与清风的气息，有些阳光，有些忧伤，又陌生又熟悉。他的歌声慵懒而深情，向人们诉说着白云一般的过往。他的手风琴拉得极为缓慢，像流淌的河流绕过村庄。

口琴这种乐器，也似乎天生就带着亲吻的温度，微微的潮，微微的暖，适合回忆，适合聆听，适合追溯，适合想象，真是契合我当时的心境。

去年今日此门中，人面桃花相映红。

人面不知何处去，桃花依旧笑春风。

——崔护《题都城南庄》

这是一段与桃花有关的爱情故事。

它最初的面貌，其实也是艳遇。

大唐。清明。城南门外。新科进士崔护在春光中误入桃林，一树一树的桃花，开得分外撩人，让他不知来路。再往里走，只见桃林深处有一处庄园，院内花木葳蕤，很是幽静。他感觉有些口渴，便上前去叩门，想讨口水喝。

这时，一位妙龄女子将门打开，请他进去小坐。女子生得极为娇艳，崔护怦然心动，便出言引逗之。相谈间，女子亦对他心生好感，一顾一盼，含情脉脉。天色将晚，崔护起身告辞，回到城中后，日夜苦读诗书，与那女子再无交集。

转眼又到一年清明，崔护突然忆起桃林旧事，于是出城拜访女子。到那里一看，门庭、庄园、春色皆如既往，只是大门紧闭，无人在家。崔护一时心有所思，便在门上写下一首七绝，即《题都城南庄》，随后黯然离去。

几日后，崔护又返桃林，开门者已换作一位老者，待他说明来意，老者愤而告知："是你杀了我的女儿！"

崔护大惊，问询缘由，老者哽咽道来："我的女儿已经成年，知书达礼，相貌端庄，但尚未婚配。不知为何，自去年清明起，就开始神情恍惚，若有所失。前几日陪她出去，回来时见到门上题诗，很快一病不起，绝食数日后便香消玉殒了……我老了，只有这一个女儿，本想给她找个可靠的君子托付终身，而如今白发人送黑发人，让我情何以堪啊。你看，不是你害死她的吗？"

老者言毕，悲伤难抑。崔护听后也是悔恨交加，进屋抱住女子遗体痛哭不已。哭声感天动地，过了半晌，女子竟缓缓睁开眼睛，死而复生。老父大喜，遂将女儿许给了崔护。

有情人终成眷属，正好开一坛桃花酿。

明人汤显祖在《牡丹亭题词》中所说："情不知所起，一往而深。生者可以死，死可以生。生而不可以死，死而不可复生者，皆非情之至也。"

此话放在这里，也不显得突兀。

"桃之夭夭，灼灼其华。之子于归，宜其室家……"而我望着春风中盛开的桃花，想一想这故事的结局，似乎又需要唱一唱这篇古老的诗文来助兴。就像如今播放婚礼进行曲一样，神圣而庄重，有生生世世的意义。

看清代画家恽寿平的《桃花图》。春风中，一枝桃花，如同诗经里的静女。恽老的画确实令人眼前一亮，所画花卉，用没骨法另辟蹊径，不勾勒，直接以水墨着色渲染，那一枝桃，便好似从树上折下来一样，天真烂漫，散发香气。

清人邹一桂亦画《桃花图》，格调明净，深得恽寿平的风骨，只是多了几分妖娆。桃枝欣欣然，向上生长，繁花压枝，与几朵牡丹竞相斗艳。牡丹斜逸而开，花瓣晶莹剔透，如同照影。桃花以重粉点瓣，乍染胭脂，娇媚之极，却又自然天成。相传此卷《桃花图》是邹一桂七十九岁高龄所绘，纸长丈余，他于夜间秉烛，同夫人匍匐地上，画大小桃共计三百枚，天未明，已成矣。想来定是画者得草木灵韵，自然年岁温柔，富贵长春。

入了画的桃花，美得像一段春梦。

可桃花分明是平常的，七陌九阡，田间地头，处处可相逢。

我中学校园里有成片的桃树，一到春天，桃花就开得忘乎所以，满树满树的花瓣，花香一荡一荡的，仿佛能把教室抬起来。那个时候不大懂得赏桃花，青青涩涩的心里，只会憧憬着，花开了，花落了，树上要结桃子了。可是，春天过去了，夏天又过去了，那些花落了一层又一层，树枝上还是一点动静也没有。询问了老师，得知那些是花桃，只愿意开花，不负责结果。当即大悟，哦，如此如此，原来是怕咱们学生偷嘴！

我的家乡也多桃树。老人们说，桃树可避邪。老人们又说，采三月初三日桃花瓣，配以白芷，可酿潋滟桃花酒，启封后香气扑鼻，闻者难忘。

可我此时想起的不是桃花酒的香味，我想起的是，村里有位女孩子，打小就生得美，父母给她取名桃花。

小时候，桃花趁父母出门，瓮进坛子里偷酒吃，清甜清甜的糯米酒，她吃了个饱，后来竟醉倒在坛子边，人也醉坏掉了。

早早地就发育开，模样愈加俏丽，却是个痴痴的样子，眼神呆滞，天天头上戴着花，逢人就笑。

很多年后，我回老家看父亲。看到桃花的儿子坐在桃树下，一笔一画写作业，她摘了花，悄悄塞进孩子的脖子里，大声地无邪地笑着……头顶的桃花，开得不干风月。

可桃花也真的是极美极媚的，如花中的小妖，美得形同深渊。

桃花陌上试新衣。在桃花面前，要怎样的美人，才不会自惭形秽，失了颜色？

如《画皮》里的小唯。她是那个桃花怒放的春天，上天送给王生的一场艳遇。刚吃完人心的小唯，像一枝粉桃，站在王生面前，清纯得要命，也妖媚得要命。

可她不要他的命，她要他的爱，得不到，就宁愿一夕老去，死在他的怀里。当主题曲里唱着："你的心，到底被什么蛊惑……看桃花，开出怎样的结果……"我的心，还是细碎又粗糙地，为小唯，亦为桃花，痛了。

白居易在诗中写：人间四月芳菲尽，山寺桃花始盛开。

江西大觉寺的桃花，是迟开的。迟开的才觉得珍贵，因为与众不同。深山，古寺，木鱼，经卷，暮鼓，晨钟。那么禅意的地方，一株桃花，娇滴滴地开着。桃花开的时候，时间也慢下来。它不是红色，亦不是粉色，它有属于自己的颜色，桃花红，红得像是一种引诱。红里又盛着粉，像妖媚里盛着纯真的本质。亦邪亦正，亦无邪亦娇美，让人无法自持。

在那样的古寺中，人间的芳菲才刚刚开始。佛祖端坐云端，拈花而笑，不言不语。谁若能用一枝桃花度人，那便是真正的禅了吧？

若有来世，我只愿化作一枝桃花，在深山，在水岸，在时间的低谷里，静等一位赶考的书生来。

我日复一日地，野寂无人地开着，满身香气，念天地悠悠，看山河万朵。你不来，岁月不老，你不来，我不敢凋落。

寂寞梨花落

寒食不多时，几日东风恶。

无绪倦寻芳，闲却秋千索。

玉减翠裙交，病怯罗衣薄。

不忍卷帘看，寂寞梨花落。

——朱淑真《生查子》

【今译】

寒食节刚过，这几日的春风还带着寒意。无心出门踏青赏花，也没有兴致去荡秋千。

因为愁病相加，容颜减损，身体消瘦，翠裙束之高阁，轻薄罗衣已不能抵挡料峭春寒。不忍卷帘看那门外逝去的春光，梨花正在寂寞地凋落。

　　百科名片中写：梨花，梨树上盛开的纯白色花，常见于古诗词中。

　　我立马喜欢上了这一条诠释，又有古意又浪漫又微妙。

　　我喜欢梨花，鹭鸶白的花瓣，天生就有一种与世无争的美，却白得恰到好处，白得好像这世间其他的白都是一种抄袭。

画梨花的人说，梨花之蕊，当以赭石色加胭脂红配之以染。胭脂红够媚，可偏要用那黯淡的赭石之色来压制，好比旧社会里的小媳妇，美丽着，拘谨着，稍微艳丽一些的打扮就嫌放荡招摇，真让人爱怜无尽。

记得儿时家中承包有果园。果园三面环山，一边向水，梨树临水而栽，葳蕤一片。每天春夏之交暴雨过后，我就会挽了裤脚去梨树丛里蹚水，梨花在枝头开呀开，似乎能听见窸窸窣窣的声音。山风一阵一阵地梳过树梢，梨花簌簌落到清凉的水里，我站在树下，满身都是诗意。

梨花自然是诗意的，但若要以花喻人，梨花，总让我想到朱淑真。

朱淑真号幽栖居士，南宋时期的女诗人，与李清照齐名。书中对她的生平记载极少，相传她出生在杭州西湖边的官宦之家，夫为文法小吏，因志趣不合，夫妻不睦，终致其抑郁早逝。待淑真过世后，父母将其生前文稿付之一炬，仅存《断肠集》与《断肠词》传世，为劫后余篇。

在二十几首残作编成的《断肠词》里，朱淑真就有多篇写到梨花，可见朱淑真对梨花的钟爱。

而这一首《生查子》，从词意来看，应是朱淑真婚后所写。

婚前，她尚是明媚清澈的少女，豆蔻年华初，二八好容颜。

春巷天桃吐绛英，春衣初试薄罗轻，风和烟暖燕巢成。
小院湘帘闲不卷，曲房朱户闷长扃，恼人光景又清明。

——朱淑真《浣溪沙·清明》

234

这首在婚前写的《清明》，字里行间都是雀跃的少女心思，像穿了新衣服急着出门的孩子，那恼，是小性子，是命运的宠溺和偏爱。

《西湖游览志》里记载："淑真钱塘人，幼警慧，善读书，工诗，风流蕴藉。"她家境优越，住的是朱门大户，里面九曲连廊。她才华横溢，诗名冠绝江南，父母又百般疼爱，好像上天将这世间最好的条件都赋予了她。

但从她婚后的生活来看，我们就会知道，她曾经在娘家获得的幸福，不过是命运的提前补偿而已。

哪似婚后。

其实与许许多多最终破裂的婚姻一样，朱淑真的婚姻亦有过短暂的甜蜜。刚结婚时，朱淑真还给丈夫写过一首圆圈词。信上无字，尽是圈圈点点。她的丈夫先不解其意，直到在书脊夹缝间见到一首蝇头小楷《相思词》，方才顿悟失笑：

相思欲寄无从寄，画个圈儿替。话在圈儿外，心在圈儿里。单圈儿是我，双圈儿是你。你心中有我，我心中有你。月缺了会圆，月圆了会缺。整圈儿是团圆，半圈儿是别离。我密密加圈，你须密密知我意。还有数不尽的相思情，我一路圈儿圈到底。

她的丈夫阅完了信，次日一早便雇船回海宁故里。彼时的恩爱，真犹如蜜里加糖，羡煞旁人，甜煞光阴。

然而好景不长。所谓至亲至疏夫妻，纵如花美眷，亦敌不过似水流年。

很快，朱淑真就被冷落。他出去应酬，狎妓寻欢，甚至娶了小妾携其离家赴任，多年对结发妻子不闻不问。

昔日爱意转眼成歇，奈何她不是卓文君，他也不是司马相如，她满身才华，却换不回郎心如铁。

独行独坐，独唱独酬还独卧。伫立伤神，无奈轻寒著摸人。
此情谁见，泪洗残妆无一半。愁病相仍，剔尽寒灯梦不成。

——朱淑真《减字木兰花·春怨》

婚姻的失败对于朱淑真来说，无疑是致命的打击。骄傲如她，怎受得这般侮辱？她恼，她恨，她怨，她悲，她苦，她将心头的凄伤写进一首一首的诗词里：

调朱弄粉总无心，瘦觉寒馀缠臂金。
别后大拼憔悴损，思情未抵此情深。

——朱淑真《恨别》

在这首词中，她已经瘦得缠臂金都戴不住了。想来正是"玉减翠裙交，病怯罗衣薄"之时。寒食季节，她无兴寻芳，无心妆容，终日憔悴，抑郁难捱。她的心与身体，都一齐病倒了。

想那《金锁记》里的曹七巧，年轻时肤如凝脂，皓腕如藕，手臂上戴的玉镯子只能塞得进去一条洋绉手帕，可到了晚年，骨瘦如柴的她，已经能将那镯子顺着手臂推到腋下。老了的曹七巧，便也不怨了，怨也怨不动了，而朱淑真还那样年轻，人怜花似旧，花不知人瘦。

终于，朱淑真选择了离开，离开这苍凉又寂寞的人世。

有书记载：朱淑真终生抑郁，抱恚而死，在世四十多年，事迹不见于正史。

寂寞空庭春欲晚，梨花满地不开门。

古龙的武侠小说里有暴雨梨花针，一种绝世暗器，沾满高手的寂寞，也宜冷若冰霜的美人使用，用来对付无情无义的负心汉。二十七枚银钉势急力猛，可称天下第一，每一射出，必定见血，杀人于无形。

一念至此，再读这首《生查子》，我亦似中了江湖传说中的暗器，只觉得有一种美丽又寂寞的痛楚进入心脏，却又久久出不得声。

开到荼靡花事了

谢了荼靡春事休。无多花片子，缀枝头。庭槐影碎被风揉。莺虽老，声尚带娇羞。

独自倚妆楼。一川烟草浪，衬云浮。不如归去下帘钩。心儿小，难着许多愁。

——吴淑姬《小重山》

【今译】

荼靡谢尽之后，春天便结束了。如今，还有些许荼靡花散布在枝头。庭院里，槐树的影子被风揉碎。黄莺虽然老去，但声音里还带着娇羞。

一个人，倚靠在闺房里。看远处青草如烟，翻涌的草浪衬着浮动的白云。不如归去。将珠帘放下帘钩。一颗心太小了，难以承载太多的哀愁。

这一阕词，就像吴淑姬的命运，半生流水逐尘缘，空余满地荼靡雪。

"吴淑姬，失其本名，湖州人。生卒年均不详，约宋孝宗淳熙十二年（公元1185年）前后在世。父为秀才。家贫，貌美，慧而能诗词。淑姬工词。有《阳春白雪词》五卷，《花庵词选》黄升以为佳处不减李易安。"

这样的记载，似乎有志怪小说的气息。而吴淑姬，也确实像南宋王朝罅隙里一只失了身世的小狐，亦仙，亦妖，亦侠，才思慧黠，柔肠脉脉，有天地初开的灵性，更有一颗烟火鼓荡的女儿心。

相传淑姬家贫，父亲为落魄秀才。她自小聪慧异常，到了二八芳龄，已出落成芝兰绝色。她居住在江南小城，古巷如同一座寂寂无人的深谷，但豆蔻少女抽枝般的美丽与才情还是长成了一片森林。

很快，她就被湖州的一个富家公子看上。那人上门提亲，依稀间，有几分五陵风采。他诺以重金，信誓旦旦可许淑姬一生幸福，为吴家的命运扭转乾坤。看着女儿娇羞的神情，吴家父母不禁喜上眉梢，心想富贵终于临门，终于随着这一段锦绣良缘，从天而降。

和世间所有的新娘一样，吴淑姬也曾有过举案齐眉、白头偕老的愿望。但是，在淑姬过门之后，她才知道属于她的那个愿望，并不能像憧憬的那样开花结果，而是迅疾地萎谢、凋零，化作尘泥，任人践踏。

短暂的恩爱过后，她的丈夫变了心，甚至不能称之为变心——因为他从不曾有过真心。他很快褪去了伪装，原形毕露。原来他只是一个游手好闲的纨绔子弟，成日在秦楼会馆醉生梦死，回家后越发庸俗无赖，经常无端向她寻衅，轻则辱骂，重则拳脚相加，更遑论相敬如宾。

可怜她在夫家所受，形同可怖炼狱，几次逃离，皆被家丁追回，再遭毒打。后来，夫家竟以淑姬不守妇道为由，将她送进衙门受审。

在封建礼教盛行的年代，那样的诬陷，无疑是要置她于死地。虎狼之心，天道难容。当时办理此案件的官员，正是湖州太守王十朋。王十朋性格刚直不阿，为官清正廉明，他不仅敢于上谏，批判朝廷，还是个心怀笔墨与河山的诗人。

大堂之上，淑姬见了王太守，连声喊冤。王太守见她双目红肿，满脸憔悴，却是难掩清雅之气，顿生恻隐之心。他对淑姬才情亦有耳闻，便对她说道："你若能当堂填词一首，自咏其冤，本府就可为你做主。"

是时，正值春末夏初，烟草断肠时节。堂外落红纷飞，繁荫影碎，黄莺一声一声，诉说着春光易老。淑姬带着刑枷，缓缓吟出了这一阕《小重山》。

"不如归去下帘钩。心儿小，难着许多愁。"字字句句，满是隐晦的伤痛。她不仅想要沉冤得雪，还想要自由。

那王太守听后，当即赞赏不已。他决定彻查此事，还淑姬一个清白。

——我倒是宁愿文字对淑姬的记载，就此戛然而止。如此，我们还能有一个英雄救美的想象，来慰藉红颜自古薄命的感伤。

然而，生活在南宋那样动乱的时代，一位女子的才情，能自救保命已是幸运，又岂能奢求再用其来改变什么？

"后为周姓子买以为妾，名曰淑姬。"这就是她的最后结局。

花开荼蘼，春事已休。繁华如梦，满目蓬蒿。何去何从，随风而散。我想，淑姬她若还有心，也定是萎谢的了。

所以，尘世间，再也寻不到她的下落。就像念一声"谢了荼蘼春事休"，再也绕不过淑姬的美丽与忧愁。

荼蘼不争春，寂寞开最晚。

荼蘼极美，还极香。

因为是春天最后的花，荼蘼的香味里，又带有末路之美的伤感，象征青春流逝，或爱情终结。

亦舒有小说《开到荼蘼》。

"荼蘼是一种花吗？"

"属蔷薇科，黄白色有香气，夏季才盛放，所以开到最后的花是它，荼蘼谢后就没有花了。"

幽幽的对白，仿佛能随风化水。

"荼蘼，又被称为悬钩子蔷薇，属蔷薇科，落叶或半常绿蔓生小灌木，攀缘茎，茎绿色，茎上有钩状的刺，羽状复叶，小叶椭圆形，上面有多数侧脉，致成皱纹。初夏开花，花单生，大型，雪白、酒黄、火红，可大多都是白色，单瓣，有香味，不结实。"

《群芳谱》上亦记载："色黄如酒，固加西字作'酴醿'。"

难怪诗词中写它"绿暗藏城市，清香扑酒尊"。而且，古人还采荼蘼花制成酴醿露，据说是琼瑶晶莹，芬芳袭人，女子用以泽体腻发，香味可经月不灭，一如春花附骨。

亦舒的《开到荼蘼》写的也是一个阴暗颓艳的爱情悲剧，冷静的亦舒像是在解剖一具华丽的爱情尸体，文字里散发出荼毒的香气，可令有过情爱纠葛的灵魂万劫不复。最后，也只能在心灵的深渊，落下比生命更虚无的泪水。

在这个春天的夜晚，我已没有多余的泪水。我趴在我的小桌子上，为心中的荼靡写诗：

甜蜜的夜晚

我酒色的躯体，是一个国度

醉如深渊

凋零在你的杯中，我把心事打磨成一根狭义的刺

谁抚摸谁受伤

其实，我只须一点侧面的抒情

手握青春的少年啊

你尽可老去

王菲在歌里唱，若说花事了，幸福知多少，你可领悟了。让我感谢你，赠我空欢喜。

我看见一大片米酒色的荼靡，纷纷扬扬地，无声无息地，落进了醉意的闺阁。像我曾经的青春与爱情，隔着花开的欢喜，落进了时光的深渊。

追忆是一场美丽的空欢喜，令人忧愁，亦令人沉迷。夜色如水，微微的潮，微微的香，远方的荼靡花开好了，开出了古典的味道。而我心头没有太多悲凉的情怀，只是意识里，有些隔世的阑珊。

纷，纷，纷，纷，纷，纷，……

惟落花委地无言兮，化作泥尘；

寂，寂，寂，寂，寂，寂，……

何春光长逝不归兮，永绝消息。

忆春风之日暄，芬菲菲以争妍；

既乘荣以发秀，倏节易而时迁。

春残，览落红之辞枝兮，伤花事其阑珊；

已矣！春秋其代序以递嬗兮，俯念迟暮。

荣枯不须臾，盛衰有常数！

人生之浮华若朝露兮，泉壤兴衰；

朱华易消歇，青春不再来。

——李叔同《落花》

弘一法师的《落花》，带着千金难买年少的怅然。

这样的曲子，适合在有月亮的春夜里，由似狐似仙的老伶人来唱。她站在绵密的花树下，温柔地唱着，孤绝地唱着，唱落花，也唱自己。直到把迟暮与寂寞唱成芳馥的丝线，花瓣不飞，丝线不落，色即是空，空即是色。

想那弘一法师本是富贵中人，才气与身世都是繁花着锦。

但他偏要看破红尘，遁入空门，过落花纷纷的清寂人生。

缘何呢？我辈看不破。

一如落花无言，永诀消息。

只叹，天地逆旅，光阴过客，多少悲欢转眼成空。

而这青春，这爱情，这人世，皆不过是一场荼蘼。

孤兰一朵，春以为期

何处风来气似兰，帘前小立耐春寒。

囊空难向街头买，自写幽香纸上看。

——马湘兰《墨兰·其一》

偶然拈笔写幽姿，付与何人解护持？

一到移根须自惜，出山难比在山时。

——马湘兰《墨兰·其二》

【今译】

这是何处吹来的风？气息如兰。伫立窗前，不惧春天的清寒。
囊中羞涩，难以购买街头名贵的兰花，那就自己画吧，满纸幽
香，尽可每日欣赏。

偶尔拿起画笔，画下兰花清幽的身姿，但要托付给谁，谁又懂
得呵护呢？
兰花一旦被人移植，就要自我珍惜，到了城中，待遇可比不上
山里。

这两首小诗，皆为明代才女马湘兰所写，并一同题在其画作《墨兰图》上。

相传该画作现藏于日本东京博物馆，被视为丹青水墨中的珍宝。

比较幸运的是，我在网上还能寻得图片来观看，也算是小过了一回眼瘾。

果然诗画俱佳。

诗写兰花，亦俊俏，亦温婉，亦喻人，亦喻事。画中数株兰，其叶如剑，或微微低垂，或旁逸斜出，有孤石相衬，清风拂过，兰花清雅绽放，似蝴蝶翩飞，似小兽啜饮，在山间与风相悦，又仿佛有芳馥隐约滴落，香透纸背。

兰，这个字本身就美，形态、音律、寓意，都惹人喜爱。抑或只是低低地在心里念一声，兰，也能瞬间把自己念得深情绵绵起来。

一直认为，兰，不仅适合生在空谷里，更适合长在画卷中。

可兰花不好画。

要如何以才气、以深情，笔落银笺，又不会偏离了那一个幽呢？

所谓幽，沉静、安闲、深远也。

郑板桥亦画兰，而他却言，"兰草写三台，无人敢笔栽"，可见画兰下笔不易，画出精气神更不易。

看马湘兰笔下的兰，却是如此的风日洒然，俊逸幽清，犹附精魂。

那么此刻，就借这兰花之名，隔着沧海般的流光，拈笔写一写马湘兰的幽姿，以及她如兰如蕙的才情，轻解一段，秦淮河边又潋滟又凄清的风月旧事。

马湘兰，名守真，小字玄儿，又字月娇，因在家中排行第四，人称"四娘"。相传她本是湘南一官宦人家的千金小姐，至于为何只身流落到金陵，又在秦淮河畔高张艳帜，则不得而知。

也有一种说法，她本就是金陵人。

打开史册，人们只知道马湘兰相貌虽非国色天香，甚至"姿首如常人"，但"神情开涤，濯濯如春柳早莺，吐辞流盼，巧伺人意"，固"见之者无不人人自失也"。

知道她多才多艺，精通音律，擅长歌舞，能自编自导戏剧，手下戏班可演绎《西厢记》全本。

知道她在绘画上更是有造诣，当年曹雪芹的祖父曹寅，就曾接连三次为《马湘兰画兰》长卷题诗，共七十二句，记载在曹寅的《栋亭集》里。

知道她秉性灵秀，喜画兰，擅画兰，故称"湘兰"。

《历代画史汇传》中评价马湘兰的画技是"兰仿子固，竹法仲姬，俱能袭其韵"，子固即赵孟坚，仲姬即管夫人，她女画家之称谓，实至名归。

想来她正是如兰似竹的那一类佳人，不以娇美的相貌媚人，腹有诗书气自华，她用来取胜的是满腹的才情与无可替代的玲珑内心。

明代的十里秦淮，烟笼寒水月笼沙，金粉楼台，画舫凌波，乃烟花柳巷之地也。

夫子庙旁，望月楼边，即是那马湘兰的幽居之处。

她的宅第名为"幽兰馆"，馆内曲径回廊，竹影清泉，飞檐漏窗，青苔卧阶，极是古韵清幽，如梦如画如月如兰。马湘兰是爱兰人，她在院中种满各色兰花，日日悉心照料，与兰共芳。

那些兰，终日听清歌，看曼舞，闻桨声，观灯影，亦出落得幽雅无比，脱尘脱俗，不负主人意。

不时有慕名者登门拜访，赏花，谈诗，观画，更为一睹佳人风华。

史书中又载，马湘兰为人旷达，性望轻侠，常挥金以济少年。

只是，凡事有利即有弊，她不是圆滑世故之人，又有重义轻财的洒脱个性，便时常给自己招来祸端。

譬如昔日曾遭湘兰拒之门外的客人，有天竟成礼部主事。那小人有意寻衅，便借了由头拘捕湘兰，并在堂上存心羞辱："人人都说马湘兰了不起，今日看来，也不过是徒有虚名。"

马湘兰却临危不惧，以一句"正因昔日徒有虚名，才有得今日的不名奇祸！"反唇相讥。

于是，主事主审皆恼羞成怒，更是不肯轻易放过马湘兰，随即搜刮她的钱财，逼迫她入狱，手段无所不用其极。

而这时，没有早一步，亦没有晚一步，王稚登出现了。就在马湘兰"披发徒跣，目哭皆肿"的情况下，王稚登利用关系四处周旋打点，方才让湘兰脱离了险境。

再豪爽的女人在受到打击、无比脆弱的时候，也会渴望有一个臂膀能够倚靠。况且，搭救她的人，还是当时的吴中才子、书法名人。

命中注定一般，湘兰爱上了他。

王稚登，字百谷、百榖、伯榖，号半偈长者、青羊君、广长庵主等。虽一生布衣，但有文名，善书法，曾拜吴郡四才子之一的书画大家文徵明为师，入"吴门派"，创"南屏社"。文徵明逝后，王稚登联络后秀，重整旗鼓，主词翰之席三十余年，著作丰硕，并有书法帖传世。

虽如此，我对王稚登依然无甚好感。在我看来，他虽然以英雄救美的方式出场，但还是负了湘兰。

而他最大的成就，便是得了马湘兰一世幽兰的倾心。

"万花丛中过，片叶不沾身"，看似自持，通透玲珑，没有棱角，可几十年的若即若离，让湘兰欲罢不能，痴迷一生，这种聪明，俨然就成了伎俩。

彼时，马湘兰亦知王稚登已有妻室，然薄命怜卿甘做妾，她依然想委身于他。她视王郎是世间难得的有心人，他对她有恩，她想用整个身心来还。

可他偏不愿，说辞甚是仁义，正气凛然："脱人之厄因以为利，去厄者之者几何？"意思是，我救你脱离危险之境，并无他求。

王稚登的拒绝着实让马湘兰好不失落，但同时又让那君子形象进一步深植湘兰心中。湘兰这边是爱之深，恋之切，怎肯轻易放弃，她始终相信，精诚所至，金石为开，终有一天，她的王郎，会欣然接受自己。

后来，王稚登举家迁往姑苏，却又与身居金陵的马湘兰保持了三十年的书信往来。

三十年，她是"自君之出矣，不共举琼扈。酒是消愁物，能消几个时？"。

三十年，他们谈诗画，谈风月，谈世事，谈人情，只是不谈婚嫁。

千里共如何，微风吹兰杜。她是兰，就送他兰花图，一笔一笔都是相思，都是深情。她在画上题诗："欲采遗君子，湘江春水深。写来无限意，为我通琴心。"她给他写信，字字句句，皆是浓情蜜意压制的谦卑，触及其中信笺，直令旁人痛彻肝肠：

昨与足下握手论心，至于梦寐中聚感，且不能连袂倾倒，托诸肝膈而已。连日伏枕，惟君是念，想能心亮也……

途中酷暑，千万保重。临行不得一面，令人怅然，不知能同此念否……

捧读手书，恨不能插翅与君一面，其如心迹相违，徒托诸空言而已。良宵夜月，不审何日方得倾倒，令人念甚念甚……

王稚登亦有回帖："二十七日发秦淮，残月在马首，思君尚未离巫峡也。夜宿长巷，闻雨声，旦起不休。见道旁雨中花，仿佛湘娥面上泪痕耳……"

他赠她闺砚，伴她书写传情。湘兰在砚上题名："百谷之品，天生妙质。伊以惠我，长居兰室。"

她是秦淮河边的幽兰，芳华绝世，有人观之，有人赏之，有人慕之，有人贵之，却不能被爱人佩之。

奈何他纵有百谷之心，亦不能容她孤兰一朵。

可她无怨。

时光飞逝，三十年成一弹指。

万历三十二年（公元1604年），王稚登七十生辰，马湘兰决定抱病赶到姑苏为她的王郎祝寿，并声称此一行，纵有风雨虎狼，亦不可阻她脚步。

相传，王稚登寿辰之时，湘兰集资买船载歌妓数十人，宴饮累月，歌舞达旦，盛况前无古人。她重亮歌喉，为恋人寿，亦为三十载的痴情而歌。

台下，王稚登听得老泪纵横。他终于想起，曾经与湘兰之约，"余与姬有吴门烟月之期，几三十年未偿"。

而彼时，对于湘兰，他当初说出的约定，是真情流露，还是一时情迷，已经变得无关紧要。

这一次祝寿，即是她人生的句号，花光了她所有的力气和光芒，是她对自己三十年情感的坚持，做出的完满交代。

王稚登从姑苏写了信来："春以为期，行云东来，无负然诺。"

春以为期，春以为期，她已经等了三十个春天，磨尽了一个女子的容光。她像一朵兰花，吐尽了最后一丝芬芳，然后身心轻盈地落进了土里。

她已凋零，什么化蝶而飞，什么前世今生，皆是虚妄。

当君怀归日，是妾断肠时。

返回金陵后，马湘兰心力交瘁，不久后便离开了人世，时年五十有七。

生命的终结，让她的爱，成为爱过。

我曾经沉默地，

毫无希望地爱过你。

我既忍受着羞怯，

又忍受着嫉妒的折磨。

我曾经那样天真那样赤诚地爱过你，

愿上帝赐给你的也像我一样坚贞如铁。

普希金在诗歌里如是说。

真像彼时的湘兰。

"兰之猗猗，扬扬其香。不采而佩，于兰何伤。"

相传马湘兰离世之时，院中幽兰一夜绽放，散发的芳馥，
贞静而决绝，犹如一场盛大的告别。

秋风为笛，芙蓉为翦

收却纶竿落照红，秋风宁为翦芙蓉。

人淡淡，水濛濛，吹入芦花短笛中。

——纳兰性德《渔父》

【今译】

当渔人收起钓竿泛舟而归，夕阳也随之西下。在温暖的余晖中，秋风也变得温柔，轻轻拂过岸边的芙蓉。

水波粼粼，暮色如朦胧的轻纱落下，晚归的渔人吹起一支短笛，在水面上留下淡淡的倒影，很快便与笛声一起没入了芦花深处。

纳兰性德的笔，在词中横成一茎芦花短笛，吹出了苍茫美感。

秋水长天，烟波两岸，想象是温柔的蝶翅，落入眼底，翩然舞动的气息，寂静若春梦。读这样的词，如见夕阳残红，余晖亦光影缤纷，震颤在水雾蒙蒙的素秋千顷。蝶翅一翕，笛声起，折一枝芙蓉做棹，便能遁入山水册页；蝶翅一张，笛声落，钓半瓯明月为舟，即可痛失整片江湖。

纳兰这首小令是题画词，题的乃是江南画家徐虹亭的《枫江渔父图》。

深秋时令，一轻舟一钓叟，在落霞与暮色的交替中摇桨归去，泛起的水波，荡开一湖空寂与自由。

远处仿佛已传来几声狗吠，伴随着一缕细腰的炊烟，无限地往画面外氤氲开去。水岸边的芦花熟了，飘扬出朦胧的氛围，衬着岸上的点点芙蓉，又被收进一支短笛中。芙蓉开得欲迎还拒，颜色是又羞又烈，胭脂红，珍珠粉，荧光白，在晚风中如同涤荡的云锦，格外好看。好看得甚至让人担心，若是风再大一些，是不是就要被吹跑了……

这一类诗词，通常在阐释画意之余，作者还会兼做点评或抒情。借他人酒杯，浇自己块垒，好似已是文人的天性，亦是共性。

身在高门广厦，常有山泽鱼鸟之思。纳兰是相国公子，一生富贵荣耀，文武兼备。他是御前侍卫，常伴帝王之侧，前途无量。

然而，他却一片幽情冷处浓，从内心深处厌倦仕途，无心功名利禄，可谓别有根芽，不是人间富贵花。

他渴望的生活，正是像词中表露的那样，泛舟于五湖之上，拍手笑沙鸥。赋诗，作词，画眉闲了，就画芙蓉。

渴望与幻觉，有时真的是可以画等号的。幻觉也是秋风中的春梦，这一只美丽而脆弱的蝴蝶，即便承载得起超尘的时间，也注定飞不过现实的沧海。而且，爱妻的早亡，让他至死难遣心伤，心字成灰，柔肠寸裂，他在药炉烟里，成了人间最深情的惆怅客。

西风多少恨，吹不散眉弯。生之遗憾，情之悲苦，即是他心之块垒。欲书不易，欲画亦难。

阆苑有情千里雪，桃李无言一队春。

一壶酒，一竿身，世上如侬有几人？

——李煜《渔父》

很多年前，李煜也写渔父，题的是《春江钓叟图》。

彼时，家国未成故国，明月尚可回首，他身在帝王家，却一直有一颗隐逸之心。或许，也因为他是王位继承人之一，为了避免无妄之灾，他主动写词表明心意，希望能减轻兄长的猜忌。

一壶酒，一竿身，世上如侬有几人。千古词帝的轻轻一笔，竟让在碧波中清贫度日的渔父，成为身处樊篱的文人们最思慕的职业。

只因多少座江山也换不来的自由。而他，一个拥有极致艺术天分的词人，却阴差阳错成了一个失败的帝王，守不住江山，便只能受尽凌辱。

问君能有几多愁，恰似一江春水向东流。历史有时真是惊人的相似。对于运命的辗转轮回，我们猜不破，也看不透，于是称之为天意。南唐的一江春水被赵匡胤收入囊中之后，时间仅过百余年，在北宋的帝王中，便出现了一个李煜的翻版。

他是赵佶，宋徽宗。赵佶是宋神宗的第十一子。据说在他降生之前，神宗曾到秘书省观看收藏的南唐后主李煜画像，是

"见其人物俨雅，再三叹讶"。不久后，赵佶降世，神宗又梦李主来谒。而赵佶长大成人后，果然"文采风流，过李主百倍"。

托生之说，固不可信。后人的编排依附，无非想给历史增加一点神奇的色彩。

但赵佶与李煜，他们的身世、个性、文采、命运，又无不相似。赵佶自幼爱好丹青、骑马、射箭、蹴鞠，对奇花异石、飞禽走兽也有着浓厚的兴趣，尤其在书法绘画方面，更是天赋非凡。

的确，除了社稷江山，他都爱。神宗驾崩，由赵佶的哥哥继位。然而哲宗年寿不永，二十五岁即辞世，因其无子嗣，便只能在兄弟间另选新君。于是，端王赵佶继承皇位，是为徽宗。

赵佶的继位，是命运上的阴差阳错，也是权力上的大势所趋。当时也不是没人反对，在大臣中甚至达成了某种共识，那就是端王轻佻，不足以君天下。"宋徽宗诸事皆能，独不能为君耳！"元代脱脱撰《宋史·徽宗纪》时，亦有如此掷笔之叹。

不能为君是真。

他手中的御笔，可以作得千古书画，却挑不起一卷江山。他不愿操持政事，好文物，好笔墨，好吹弹，好辞赋，重用奸佞之臣，导致民不聊生，内忧外患。他生活穷奢，挥霍国库，醉眠烟花柳巷，常有山水田园之思。在百姓眼里，他就是一个十足的昏君。

诸事皆能也是真。

他首创的瘦金体，可谓独步天下，直至今日，千年亦无人可超越。他的《瘦金体千字文》《欲借风霜二诗帖》等书法作品，皆传世不朽。

瘦金体，这种登峰造极的书法，一钩一画，深藏兰竹之骨，似乎可以屈铁断金，蕴含无尽风云气象。飞扬的锋芒，又形同花香的触角，能探询人心中最纤敏潮湿的角落。

那是属于北宋的花香，附着在赵佶的指纹上，成为笔墨里臆想的金戈铁马，马蹄迅疾，踏过流逝的时间与永恒的荒寂。

赵佶被后世称为北宋"画王"，《广川画跋》就曾称赞他的画作是"寓物赋形，随意以得，笔驱造化，发于毫端，万物各得全其生理"。

他在位的二十五年，也是历代画家地位最高的时期。他成立了宫廷画院，亲自掌管，给画家优厚的待遇，鼓励创作。不仅如此，他还设置画题，以画作为科举升官的考试制度，刺激更优秀的作品产生。譬如"山中藏古寺"，第一名的画者，就只画了一个和尚在山溪挑水；譬如"踏花归去马蹄香"，夺魁之作就没有画任何花卉，只画了一人骑马，蝴蝶飞绕马蹄间。此举也很大程度地促进了写实画向意境画的发展。

看他的《芙蓉锦鸡图》，那一纸梦里富贵，在锦绣似的工笔之下，如此深不可测。久久对视，竟让人心思仓皇，在荒凉的空气断层中，迟迟不敢落下来。

绢本，泛着昏昏的黄，像过期的皇权。一只锦鸡，飞临芙蓉花枝，转颈回顾，望着一对翩翩而飞的彩蝶出神。它羽色鲜艳斑斓，神情鲜活，双目炯炯，极显宫廷富态，尾部的翎上花纹清晰可数。芙蓉花也是俏丽无比，在秋气中含苞待放，蕌蕌生姿。芙蓉叶片各有神态，高低轻重皆不同。花瓣宛若素绢，质感清薄明丽，好似能装下一个朝代的风声。芙蓉花下，有几根盛开的黄菊，轻盈地抖动着，斜插入画面中的盛秋。

画上有赵佶的题诗：

秋劲拒霜盛，峨冠锦羽鸡。

已知全五德，安逸胜凫鹥。

是他的瘦金体。题款"宣和殿御制并书"，签押为："天下第一人"。

因古人称鸡有"五德"，鸡在中国又向有"德禽"之称，赵佶也想借锦鸡之寓，弘扬文、武、勇、仁、信五种德望："鸡有五德：头戴冠者，文也；足搏距者，武也；敌在前，敢斗者，勇也；见食相呼者，仁也；守夜不失者，信也。"

人说画如其人，《芙蓉锦鸡图》虽纤巧富丽，技巧高超，寓意深远，却终究缺少了一点大丈夫气概。再滴水不漏的工笔，也顶多成全一个画师，却成就不了一位帝王。

这本不是罪过，细腻温柔是他的天赋，也是他的软肋。泼墨的恣意，写意的洒然，都开不出如此精致如此脆弱的芙蓉花。

但是，他还有一个身份叫皇帝，这才成了罪过。二十五年的皇帝生涯，倏忽即过。一场靖康之变，让他由一朝天子，变成了阶下囚。被流放的几年里，他受尽折磨，却依然不忘诗词书画。只是彼时已物是人非，一颗心萧索掉了，笔下也尽是寒荒之意。遥望故土，他含泪写下"彻夜西风撼破扉，萧条孤馆一灯微。家山回首三千里，目断山南无雁飞"，堪比李煜的"故国不堪回首月明中”，不忍卒读。

他的画笔下，就再也没有了荣贵的锦鸡，更没有了清艳的芙蓉。

年年岁岁，芙蓉依旧，却是浪花有意，桃李无言。

如他昔日所爱，皆成心伤，便注定只能溺死在梦中的那片江湖，连同王朝，连同自由。